Stupeur et tremblements

Aux Éditions Albin Michel

Amélie Nothomb

Stupeur
et tremblements

ROMAN

Albin Michel

IL A ÉTÉ TIRÉ DE CET OUVRAGE
VINGT-CINQ EXEMPLAIRES
SUR VÉLIN BOUFFANT DES PAPETERIES SALZER
DONT QUINZE EXEMPLAIRES NUMÉROTÉS DE 1 À 15
ET DIX HORS COMMERCE NUMÉROTÉS DE I À X

DBN: 1582550

© Éditions Albin Michel S.A., 1999
22, rue Huyghens, 75014 Paris

ISBN broché 2-226-10950-1
ISBN luxe 2-226-10951-X

PQ
2674
.O78
S78
1999

MONSIEUR Haneda était le supérieur de monsieur Omochi, qui était le supérieur de monsieur Saito, qui était le supérieur de mademoiselle Mori, qui était ma supérieure. Et moi, je n'étais la supérieure de personne.

On pourrait dire les choses autrement. J'étais aux ordres de mademoiselle Mori, qui était aux ordres de monsieur Saito, et ainsi de suite, avec cette précision que les ordres pouvaient, en aval, sauter les échelons hiérarchiques.

Donc, dans la compagnie Yumimoto, j'étais aux ordres de tout le monde.

Le 8 janvier 1990, l'ascenseur me cracha au dernier étage de l'immeuble Yumimoto. La fenêtre, au bout du hall, m'aspira comme l'eût fait le hublot brisé d'un avion. Loin, très loin, il y avait la ville — si loin que je doutais d'y avoir jamais mis les pieds.

Je ne songeai même pas qu'il eût fallu me présenter à la réception. En vérité, il n'y avait dans ma tête aucune pensée, rien que la fascination pour le vide, par la baie vitrée.

Une voix rauque finit par prononcer mon nom, derrière moi. Je me retournai. Un homme d'une cinquantaine d'années, petit, maigre et laid, me regardait avec mécontentement.

— Pourquoi n'avez-vous pas averti la réceptionniste de votre arrivée ? me demanda-t-il.

Je ne trouvai rien à répondre et ne répondis rien. J'inclinai la tête et les épaules, constatant qu'en une dizaine de minutes, sans avoir prononcé un seul mot, j'avais déjà produit une mauvaise impression, le jour de mon entrée dans la compagnie Yumimoto.

L'homme me dit qu'il s'appelait monsieur Saito. Il me conduisit à travers d'innombrables et immenses salles, dans lesquelles il me présenta à des hordes de gens, dont j'oubliais les noms au fur et à mesure qu'il les énonçait.

Il m'introduisit ensuite dans le bureau où siégeait son supérieur, monsieur Omochi, qui était énorme et effrayant, ce qui prouvait qu'il était le vice-président.

Puis il me montra une porte et m'annonça d'un air solennel que, derrière elle, il y avait monsieur Haneda, le président. Il allait de soi qu'il ne fallait pas songer à le rencontrer.

Enfin, il me guida jusqu'à une salle gigantesque dans laquelle travaillaient une quarantaine de personnes. Il me désigna ma place, qui était juste en face de celle de ma supérieure directe, mademoiselle Mori. Cette dernière était en réunion et me rejoindrait en début d'après-midi.

Monsieur Saito me présenta brièvement à l'assemblée. Après quoi, il me demanda si j'aimais les défis. Il était clair que je n'avais pas le droit de répondre par la négative.

– Oui, dis-je.

Ce fut le premier mot que je prononçai dans la compagnie. Jusque-là, je m'étais contentée d'incliner la tête.

Le « défi » que me proposa monsieur Saito consistait à accepter l'invitation d'un certain Adam Johnson à jouer au golf avec lui, le dimanche suivant. Il fallait que j'écrive une lettre en anglais à ce monsieur pour le lui signifier.

– Qui est Adam Johnson ? eus-je la sottise de demander.

Mon supérieur soupira avec exaspération et ne répondit pas. Etait-il aberrant d'ignorer qui était monsieur Johnson, ou alors ma question était-elle indiscrète ? Je ne le sus jamais – et ne sus jamais qui était Adam Johnson.

L'exercice me parut facile. Je m'assis et écrivis une lettre cordiale : monsieur Saito se réjouissait à l'idée de jouer au golf le dimanche suivant avec monsieur Johnson et lui envoyait ses amitiés. Je l'apportai à mon supérieur.

Monsieur Saito lut mon travail, poussa un petit cri méprisant et le déchira :

– Recommencez.

Je pensai que j'avais été trop aimable ou familière avec Adam Johnson et je rédigeai un texte froid et distant : monsieur Saito prenait acte de la décision de monsieur Johnson et conformément à ses volontés jouerait au golf avec lui.

Mon supérieur lut mon travail, poussa un petit cri méprisant et le déchira :

— Recommencez.

J'eus envie de demander où était mon erreur, mais il était clair que mon chef ne tolérait pas les questions, comme l'avait prouvé sa réaction à mon investigation au sujet du destinataire. Il fallait donc que je trouve par moi-même quel langage tenir au mystérieux Adam Johnson.

Je passai les heures qui suivirent à rédiger des missives à ce joueur de golf. Monsieur Saito rythmait ma production en la déchirant, sans autre commentaire que ce cri qui devait être un refrain. Il me fallait à chaque fois inventer une formulation nouvelle.

Il y avait à cet exercice un côté : « Belle marquise, vos beaux yeux me font mourir d'amour » qui ne manquait pas de sel. J'explorais des catégories grammaticales en mutation : « Et si Adam Johnson devenait le verbe, dimanche prochain le sujet, jouer au golf le complément d'objet et monsieur Saito l'adverbe ? Dimanche prochain accepte avec joie de venir Adamjohnsoner un jouer au golf monsieurSaitoment. Et pan dans l'œil d'Aristote ! »

Je commençais à m'amuser quand mon supérieur m'interrompit. Il déchira la énième lettre sans même la lire et me dit que mademoiselle Mori était arrivée.

— Vous travaillerez avec elle cet après-midi. Entre-temps, allez me chercher un café.

Il était déjà quatorze heures. Mes gammes épistolaires m'avaient tant absorbée que je n'avais pas songé à faire la moindre pause.

Je posai la tasse sur le bureau de monsieur Saito et me retournai. Une fille haute et longue comme un arc marcha vers moi.

Toujours, quand je repense à Fubuki, je revois l'arc nippon, plus grand qu'un homme. C'est pourquoi j'ai baptisé la compagnie « Yumimoto », c'est-à-dire « les choses de l'arc ».

Et quand je vois un arc, toujours, je repense à Fubuki, plus grande qu'un homme.

— Mademoiselle Mori ?
— Appelez-moi Fubuki.

Je n'écoutais plus ce qu'elle me disait. Mademoiselle Mori mesurait au moins un mètre quatre-vingts, taille que peu d'hommes japonais atteignent. Elle était svelte et gracieuse à ravir, malgré la raideur nippone à laquelle elle devait sacrifier. Mais ce qui me pétrifiait, c'était la splendeur de son visage.

Elle me parlait, j'entendais le son de sa voix douce et pleine d'intelligence. Elle me montrait des dossiers, m'expliquait de quoi il s'agissait, elle souriait. Je ne m'apercevais pas que je ne l'écoutais pas.

Ensuite, elle m'invita à lire les documents qu'elle avait préparés sur mon bureau qui faisait face au sien. Elle s'assit et commença à travailler. Je feuilletai docilement les paperasses qu'elle m'avait données à méditer. Il s'agissait de règlements, d'énumérations.

Deux mètres devant moi, le spectacle de son visage était captivant. Ses paupières baissées sur ses chiffres l'empêchaient de voir que je l'étudiais. Elle avait le plus beau nez du monde, le nez japonais, ce nez inimitable, aux narines délicates et reconnaissables entre mille. Tous les Nippons n'ont pas ce nez mais, si quelqu'un

a ce nez, il ne peut être que d'origine nippone.
Si Cléopâtre avait eu ce nez, la géographie de
la planète en eût pris un sacré coup.

Le soir, il eût fallu être mesquine pour songer qu'aucune des compétences pour lesquelles
on m'avait engagée ne m'avait servi. Après
tout, ce que j'avais voulu, c'était travailler dans
une entreprise japonaise. J'y étais.

J'avais eu l'impression de passer une excellente journée. Les jours qui suivirent confir-
mèrent cette impression.

Je ne comprenais toujours pas quel était
mon rôle dans cette entreprise ; cela m'indifférait. Monsieur Saito semblait me trouver
consternante ; cela m'indifférait plus encore.
J'étais enchantée de ma collègue. Son amitié
me paraissait une raison plus que suffisante
pour passer dix heures par jour au sein de la
compagnie Yumimoto.

Son teint à la fois blanc et mat était celui
dont parle si bien Tanizaki. Fubuki incarnait à
la perfection la beauté nippone, à la stupéfiante
exception de sa taille. Son visage l'apparentait

14

à « l'œillet du vieux Japon », symbole de la noble fille du temps jadis : posé sur cette silhouette immense, il était destiné à dominer le monde.

Yumimoto était l'une des plus grandes compagnies de l'univers. Monsieur Haneda en dirigeait la section Import-Export, qui achetait et vendait tout ce qui existait à travers la planète entière.

Le catalogue Import-Export de Yumimoto était la version titanesque de celui de Prévert : depuis l'emmental finlandais jusqu'à la soude singapourienne en passant par la fibre optique canadienne, le pneu français et le jute togolais, rien n'y échappait.

L'argent, chez Yumimoto, dépassait l'entendement humain. A partir d'une certaine accumulation de zéros, les montants quittaient le domaine des nombres pour entrer dans celui de l'art abstrait. Je me demandais s'il existait, au sein de la compagnie, un être capable de se réjouir d'avoir gagné cent millions de yens, ou de déplorer la perte d'une somme équivalente.

Les employés de Yumimoto, comme les zéros, ne prenaient leur valeur que derrière les autres chiffres. Tous, sauf moi, qui n'atteignais même pas le pouvoir du zéro.

Les jours s'écoulaient et je ne servais toujours à rien. Cela ne me dérangeait pas outre mesure. J'avais l'impression que l'on m'avait oubliée, ce qui n'était pas désagréable. Assise à mon bureau, je lisais et relisais les documents que Fubuki avait mis à ma disposition. Ils étaient prodigieusement inintéressants, a l'exception de l'un d'entre eux, qui répertoriait les membres de la compagnie Yumimoto : y étaient inscrits leurs nom, prénom, date et lieu de naissance, le nom du conjoint éventuel et des enfants avec, pour chacun, la date de naissance.

En soi, ces renseignements n'avaient rien de fascinant. Mais quand on a très faim, un croûton de pain devient alléchant : dans l'état de désœuvrement et d'inanition où mon cerveau se trouvait, cette liste me parut croustillante comme un magazine à scandale. En vérité, c'était la seule paperasse que je comprenais.

Pour avoir l'air de travailler, je décidai de l'apprendre par cœur. Il y avait une centaine de noms. La plupart étaient mariés et pères ou mères de famille, ce qui rendait ma tâche plus difficile.

J'étudiais : ma figure était tour à tour penchée sur la matière puis relevée pour que je récite à l'intérieur de ma boîte noire. Quand je redressais la tête, mon regard tombait toujours sur le visage de Fubuki, assise face à moi.

Monsieur Saito ne me demandait plus d'écrire des lettres à Adam Johnson, ni à personne d'autre. D'ailleurs, il ne me demandait rien, sauf de lui apporter des tasses de café.

Rien n'était plus normal, quand on débutait dans une compagnie nippone, que de commencer par l'ôchakumi – « la fonction de l'honorable thé ». Je pris ce rôle d'autant plus au sérieux que c'était le seul qui m'était dévolu.

Très vite, je connus les habitudes de chacun : pour monsieur Saito, dès huit heures trente, un café noir. Pour monsieur Unaji, un café au lait, deux sucres, à dix heures. Pour monsieur Mizuno, un gobelet de Coca par heure. Pour

monsieur Okada, à dix-sept heures, un thé
anglais avec un nuage de lait. Pour Fubuki, un
thé vert à neuf heures, un café noir à douze
heures, un thé vert à quinze heures et un dernier café noir à dix-neuf heures – elle me
remerciait à chaque fois avec une politesse
charmante.

Cette humble tâche se révéla le premier instrument de ma perte.

Un matin, monsieur Saito me signala que le
vice-président recevait dans son bureau une
importante délégation d'une firme amie :

– Café pour vingt personnes.

J'entrai chez monsieur Omochi avec mon
grand plateau et je fus plus que parfaite : je
servis chaque tasse avec une humilité appuyée,
psalmodiant les plus raffinées des formules
d'usage, baissant les yeux et m'inclinant. S'il
existait un ordre du mérite de l'ôchakumi, il
eût dû m'être décerné.

Plusieurs heures après, la délégation s'en alla.
La voix tonitruante de l'énorme monsieur
Omochi cria :

— Saito-san !

Je vis monsieur Saito se lever d'un bond, devenir livide et courir dans l'antre du vice-président. Les hurlements de l'obèse résonnèrent derrière le mur. On ne comprenait pas ce qu'il disait, mais cela n'avait pas l'air gentil.

Monsieur Saito revint, le visage décomposé. Je ressentis pour lui une sotte bouffée de tendresse en pensant qu'il pesait le tiers de son agresseur. Ce fut alors qu'il m'appela, sur un ton furieux.

Je le suivis jusqu'à un bureau vide. Il me parla avec une colère qui le rendait bègue :

— Vous avez profondément indisposé la délégation de la firme amie ! Vous avez servi le café avec des formules qui suggéraient que vous parliez le japonais à la perfection !

— Mais je ne le parle pas si mal, Saito-san.

— Taisez-vous ! De quel droit vous défendez-vous ? Monsieur Omochi est très fâché contre vous. Vous avez créé une ambiance exécrable dans la réunion de ce matin : comment nos partenaires auraient-ils pu se sentir en confiance, avec une Blanche qui comprenait leur langue ? A partir de maintenant, vous ne parlez plus japonais.

Je le regardai avec des yeux ronds :

— Pardon ?

— Vous ne connaissez plus le japonais. C'est clair ?

— Enfin, c'est pour ma connaissance de votre langue que Yumimoto m'a engagée !

— Cela m'est égal. Je vous donne l'ordre de ne plus comprendre le japonais.

— C'est impossible. Personne ne peut obéir à un ordre pareil.

— Il y a toujours moyen d'obéir. C'est ce que les cerveaux occidentaux devraient comprendre.

« Nous y voici », pensai-je avant de reprendre :

— Le cerveau nippon est probablement capable de se forcer à oublier une langue. Le cerveau occidental n'en a pas les moyens.

Cet argument extravagant parut recevable à monsieur Saito.

— Essayez quand même. Au moins, faites semblant. J'ai reçu des ordres à votre sujet. Est-ce que c'est entendu ?

Le ton était sec et cassant.

Quand je rejoignis mon bureau, je devais tirer une drôle de tête, car Fubuki eut pour moi un regard doux et inquiet. Je restai long-temps prostrée, à me demander quelle attitude adopter.

Présenter ma démission eût été le plus logi-que. Pourtant, je ne pouvais me résoudre à cette idée. Aux yeux d'un Occidental, ce n'eût rien eu d'infamant ; aux yeux d'un Japonais, c'eût été perdre la face. J'étais dans la compa-gnie depuis un mois à peine. Or, j'avais signé un contrat d'un an. Partir après si peu de temps m'eût couverte d'opprobre, à leurs yeux comme aux miens.

D'autant que je n'avais aucune envie de m'en aller. Je m'étais quand même donné du mal pour entrer dans cette compagnie : j'avais étudié la langue tokyoïte des affaires, j'avais passé des tests. Certes, je n'avais jamais eu l'ambition de devenir un foudre de guerre du commerce international, mais j'avais toujours éprouvé le désir de vivre dans ce pays auquel je vouais un culte depuis les premiers souvenirs idylliques que j'avais gardés de ma petite enfance.

Je resterais.

Par conséquent, je devais trouver un moyen d'obéir à l'ordre de monsieur Saito. Je sondai mon cerveau à la recherche d'une couche géologique propice à l'amnésie : y avait-il des oubliettes dans ma forteresse neuronale ? Hélas, l'édifice comportait des points forts et des points faibles, des échauguettes et des fissures, des trous et des douves, mais rien qui permît d'y ensevelir une langue que j'entendais parler sans cesse.

A défaut de pouvoir l'oublier, pouvais-je du moins la dissimuler ? Si le langage était une forêt, m'était-il possible de cacher, derrière les hêtres français, les tilleuls anglais, les chênes latins et les oliviers grecs, l'immensité des cryptomères nippons, qui en l'occurrence eussent été bien nommés ?

Mori, le patronyme de Fubuki, signifiait forêt. Fut-ce pour cette raison qu'à cet instant je posai sur elle des yeux désemparés ? Je m'aperçus qu'elle me regardait toujours, l'air interrogateur.

Elle se leva et me fit signe de la suivre. A la cuisine, je m'effondrai sur une chaise.

— Qu'est-ce qu'il vous a dit ? me demanda-t-elle.

Je vidai mon cœur. Je parlais d'une voix convulsive, j'étais au bord des larmes. Je ne parvins plus à retenir des paroles dangereuses :

— Je hais monsieur Saito. C'est un salaud et un imbécile.

Fubuki eut un petit sourire :

— Non. Vous vous trompez.

— Evidemment. Vous, vous êtes gentille, vous ne voyez pas le mal. Enfin, pour me donner un ordre pareil, ne faut-il pas être un...

— Calmez-vous. L'ordre ne venait pas de lui. Il transmettait les instructions de monsieur Omochi. Il n'avait pas le choix.

— En ce cas, c'est monsieur Omochi qui est un...

— C'est quelqu'un de très spécial, me coupa-t-elle. Que voulez-vous ? C'est le vice-président. Nous n'y pouvons rien.

— Je pourrais en parler au président, monsieur Haneda. Quel genre d'homme est-il ?

— Monsieur Haneda est un homme remarquable. Il est très intelligent et très bon. Hélas, il est hors de question que vous alliez vous plaindre à lui.

Elle avait raison, je le savais. Il eût été inconcevable, en amont, de sauter même un seul échelon hiérarchique – a fortiori d'en sauter autant. Je n'avais le droit de m'adresser qu'à mon supérieur direct, qui se trouvait être mademoiselle Mori.

– Vous êtes mon seul recours, Fubuki. Je sais que vous ne pouvez pas grand-chose pour moi. Mais je vous remercie. Votre simple humanité me fait tant de bien.

Elle sourit.

Je lui demandai quel était l'idéogramme de son prénom. Elle me montra sa carte de visite. Je regardai les kanji et m'exclamai :

– Tempête de neige ! Fubuki signifie « tempête de neige » ! C'est trop beau de s'appeler comme ça.

– Je suis née lors d'une tempête de neige. Mes parents y ont vu un signe.

La liste Yumimoto me repassa dans la tête : « Mori Fubuki, née à Nara le 18 janvier 1961... » Elle était une enfant de l'hiver. J'imaginai soudain cette tempête de neige sur la sublime ville de Nara, sur ses cloches innombrables — n'était-il pas normal que cette superbe jeune femme fût née le jour où la beauté du ciel s'abattait sur la beauté de la terre ?

Elle me parla de son enfance dans le Kansai. Je lui parlai de la mienne qui avait commencé dans la même province, non loin de Nara, au village de Shukugawa, près du mont Kabuto — l'évocation de ces lieux mythologiques me mettait les larmes aux yeux.

— Comme je suis heureuse que nous soyons toutes les deux des enfants du Kansai ! C'est là que bat le cœur du vieux Japon.

C'était là, aussi, que battait mon cœur depuis ce jour où, à l'âge de cinq ans, j'avais quitté les montagnes nippones pour le désert chinois. Ce premier exil m'avait tant marquée que je me sentais capable de tout accepter afin d'être réincorporée à ce pays dont je m'étais si longtemps crue originaire.

Quand nous retournâmes à nos bureaux qui se faisaient face, je n'avais trouvé aucune solution à mon problème. Je savais moins que jamais quelle était et quelle serait ma place dans la compagnie Yumimoto. Mais je ressentais un grand apaisement, parce que j'étais la collègue de Fubuki Mori.

Il fallait donc que j'aie l'air de m'occuper sans pour autant sembler comprendre un mot de ce qui se disait autour de moi. Désormais, je servais les diverses tasses de thé et de café sans l'ombre d'une formule de politesse et sans répondre aux remerciements des cadres. Ceux-ci n'étaient pas au courant de mes nouvelles instructions et s'étonnaient que l'aimable geisha blanche se soit transformée en une carpe grossière comme une Yankee.

L'ôchakumi ne me prenait hélas pas beaucoup de temps. Je décidai, sans demander l'avis de personne, de distribuer le courrier.

Il s'agissait de pousser un énorme chariot métallique à travers les nombreux bureaux géants et de donner à chacun ses lettres. Ce travail me convenait à merveille. D'abord, il utilisait ma compétence linguistique, puisque la plupart des adresses étaient libellées en idéogrammes – quand monsieur Saito était très loin de moi, je ne cachais pas que je connaissais le nippon. Ensuite, je découvrais que je n'avais pas étudié par cœur la liste Yumimoto pour rien : je pouvais non seulement identifier les moindres des employés, mais aussi profiter de ma tâche pour, le cas échéant, leur souhaiter un excellent anniversaire, à eux ou à leur épouse ou progéniture.

Avec un sourire et une courbette, je disais : « Voici votre courrier, monsieur Shiranai. Un bon anniversaire à votre petit Yoshiro, qui a trois ans aujourd'hui. »

Ce qui me valait à chaque fois un regard stupéfait.

Cet emploi me prenait d'autant plus de temps qu'il me fallait circuler à travers la compagnie entière, qui s'étalait sur deux étages. Avec mon chariot, qui me donnait une contenance agréable, je ne cessais d'emprunter l'ascenseur. J'aimais cela car juste à côté, à l'endroit où je l'attendais, il y avait une immense baie vitrée. Je jouais alors à ce que j'appelais « me jeter dans la vue ». Je collais mon nez à la fenêtre et me laissais tomber mentalement. La ville était si loin en dessous de moi : avant que je ne m'écrase sur le sol, il m'était loisible de regarder tant de choses.

J'avais trouvé ma vocation. Mon esprit s'épanouissait dans ce travail simple, utile, humain et propice à la contemplation. J'aurais aimé faire cela toute ma vie.

Monsieur Saito me manda à son bureau. J'eus droit à un savon mérité : je m'étais rendue coupable du grave crime d'initiative. Je m'étais attribué une fonction sans demander la permission de mes supérieurs directs. En plus, le véritable postier de l'entreprise, qui arrivait l'après-midi, était au bord de la crise de nerfs, car il se croyait sur le point d'être licencié.

— Voler son travail à quelqu'un est une très mauvaise action, me dit avec raison monsieur Saito.

J'étais désolée de voir s'interrompre si vite une carrière prometteuse. En outre, se posait à nouveau le problème de mon activité.

J'eus une idée qui parut lumineuse à ma naïveté : au cours de mes déambulations à travers l'entreprise, j'avais remarqué que chaque bureau comportait de nombreux calendriers qui n'étaient presque jamais à jour, soit que le petit cadre rouge et mobile n'eût pas été avancé à la bonne date, soit que la page du mois n'eût pas été tournée.

Cette fois, je n'oubliai pas de demander la permission :

– Puis-je mettre les calendriers à jour, monsieur Saito ?

Il me répondit oui sans y prendre garde. Je considérai que j'avais un métier.

Le matin, je passais dans chaque bureau et je déplaçais le petit cadre rouge jusqu'à la date idoine. J'avais un poste : j'étais avanceuse-tourneuse de calendriers.

Peu à peu, les membres de Yumimoto s'aperçurent de mon manège. Ils en conçurent une hilarité grandissante.

On me demandait :

– Ça va ? Vous ne vous fatiguez pas trop à cet épuisant exercice ?

Je répondais en souriant :

– C'est terrible. Je prends des vitamines.

J'aimais mon labeur. Il avait l'inconvénient

d'occuper trop peu de temps, mais il me permettait d'emprunter l'ascenseur et donc de me jeter dans la vue. En plus, il divertissait mon public.

A cet égard, le sommet fut atteint quand on passa du mois de février au mois de mars. Avancer le cadre rouge ne suffisait pas ce jour-là : il me fallait tourner, voire arracher la page de février.

Les employés des divers bureaux m'accueillirent comme on accueille un sportif. J'assassinais les mois de février avec de grands gestes de samouraï, mimant une lutte sans merci contre la photo géante du mont Fuji enneigé qui illustrait cette période dans le calendrier Yumimoto. Puis je quittais les lieux du combat, l'air épuisé, avec des fiertés sobres de guerrier victorieux, sous les banzaï des commentateurs enchantés.

La rumeur de ma gloire atteignit les oreilles de monsieur Saito. Je m'attendais à recevoir un savon magistral pour avoir fait le pitre. Aussi avais-je préparé ma défense :

– Vous m'aviez autorisée à mettre à jour les

calendriers, commençai-je avant même d'avoir essuyé ses fureurs.

Il me répondit sans aucune colère, sur le ton de simple mécontentement qui lui était habituel :

— Oui. Vous pouvez continuer. Mais ne vous donnez plus en spectacle : vous déconcentrez les employés.

Je fus étonnée de la légèreté de la réprimande. Monsieur Saito reprit :

— Photocopiez-moi ça.

Il me tendit une énorme liasse de pages au format A4. Il devait y en avoir un millier.

Je livrai le paquet à l'avaleuse de la photocopieuse, qui effectua sa tâche avec une rapidité et une courtoisie exemplaires. J'apportai à mon supérieur l'original et les copies.

Il me rappela :

— Vos photocopies sont légèrement décentrées, dit-il en me montrant une feuille. Recommencez.

Je retournai à la photocopieuse en pensant que j'avais dû mal placer les pages dans l'avaleuse. J'y accordai cette fois un soin extrême :

le résultat fut impeccable. Je rapportai mon œuvre à monsieur Saito.

— Elles sont à nouveau décentrées, me dit-il.

— Ce n'est pas vrai ! m'exclamai-je.

— C'est terriblement grossier de dire cela à un supérieur.

— Pardonnez-moi. Mais j'ai veillé à ce que mes photocopies soient parfaites.

— Elles ne le sont pas. Regardez.

Il me montra une feuille qui me parut irréprochable.

— Où est le défaut ?

— Là, voyez : le parallélisme avec le bord n'est pas absolu.

— Vous trouvez ?

— Puisque je vous le dis !

Il jeta la liasse à la poubelle et reprit :

— Vous travaillez à l'avaleuse ?

— En effet.

— Voilà l'explication. Il ne faut pas se servir de l'avaleuse. Elle n'est pas assez précise.

— Monsieur Saito, sans l'avaleuse, il me faudrait des heures pour en venir à bout.

— Où est le problème ? sourit-il. Vous manquiez justement d'occupation.

Je compris que c'était mon châtiment pour l'affaire des calendriers.

Je m'installai à la photocopieuse comme aux galères. A chaque fois, je devais soulever le battant, placer la page avec minutie, appuyer sur la touche puis examiner le résultat. Il était quinze heures quand j'étais arrivée à mon ergastule. A dix-neuf heures, je n'avais pas encore fini. Des employés passaient de temps en temps : s'ils avaient plus de dix copies à effectuer, je leur demandais humblement de consentir à utiliser la machine située à l'autre bout du couloir.

Je jetai un œil sur le contenu de ce que je photocopiais. Je crus mourir de rire en constatant qu'il s'agissait du règlement du club de golf dont monsieur Saito était l'affilié.

L'instant d'après, j'eus plutôt envie de pleurer, à l'idée des pauvres arbres innocents que mon supérieur gaspillait pour me châtier. J'imaginai les forêts du Japon de mon enfance, érables, cryptomères et ginkgos, rasées à seule fin de punir un être aussi insignifiant que moi. Et je me rappelai que le nom de famille de Fubuki signifiait forêt.

Arriva alors monsieur Tenshi, qui dirigeait la section des produits laitiers. Il avait le même grade que monsieur Saito qui, lui, était directeur de la section comptabilité générale. Je le regardai avec étonnement : un cadre de son importance ne déléguait-il pas quelqu'un pour faire ses photocopies ?

Il répondit à ma question muette :

— Il est vingt heures. Je suis l'unique membre de mon bureau à travailler encore. Dites-moi, pourquoi n'utilisez-vous pas l'avaleuse ?

Je lui expliquai avec un humble sourire qu'il s'agissait des instructions expresses de monsieur Saito.

— Je vois, dit-il d'une voix pleine de sous-entendus.

Il parut réfléchir, puis il me demanda :

— Vous êtes belge, n'est-ce pas ?

— Oui.

— Ça tombe bien. J'ai un projet très intéressant avec votre pays. Accepteriez-vous de vous livrer pour moi à une étude ?

Je le regardai comme on regarde le Messie. Il m'expliqua qu'une coopérative belge avait développé un nouveau procédé pour enlever les matières grasses du beurre.

– Je crois au beurre allégé, dit-il. C'est l'avenir.

Je m'inventai sur-le-champ une opinion :

– Je l'ai toujours pensé !

– Venez me voir demain dans mon bureau.

J'achevai mes photocopies dans un état second. Une grande carrière s'ouvrait devant moi. Je posai la liasse de feuilles A4 sur la table de monsieur Saito et m'en allai, triomphante.

Le lendemain, quand j'arrivai à la compagnie Yumimoto, Fubuki me dit d'un air apeuré :

– Monsieur Saito veut que vous recommenciez les photocopies. Il les trouve décentrées.

J'éclatai de rire et j'expliquai à ma collègue le petit jeu auquel notre chef semblait s'adonner avec moi.

– Je suis sûre qu'il n'a même pas regardé mes nouvelles photocopies. Je les ai faites une par une, calibrées au millimètre près. Je ne sais pas combien d'heures cela m'a pris – tout ça pour le règlement de son club de golf !

Fubuki compatit avec une douceur indignée :

– Il vous torture !

Je la réconfortai :

– Ne vous inquiétez pas. Il m'amuse.

Je retournai à la photocopieuse que je commençais à connaître très bien et confiai le travail à l'avaleuse : j'étais persuadée que monsieur Saito clamerait son verdict sans le moindre regard pour mon travail. J'eus un sourire ému en pensant à Fubuki : « Elle est si gentille ! Heureusement qu'elle est là ! »

Au fond, la nouvelle parade de monsieur Saito tombait à point : la veille, j'avais passé plus de sept heures à effectuer, une par une, les mille photocopies. Cela me donnait un alibi excellent pour les heures que je passerais aujourd'hui dans le bureau de monsieur Tenshi. L'avaleuse acheva ma tâche en une dizaine de minutes. J'emportai la liasse et je filai à la section des produits laitiers.

Monsieur Tenshi me confia les coordonnées de la coopérative belge :

— J'aurais besoin d'un rapport complet, le plus détaillé possible, sur ce nouveau beurre allégé. Vous pouvez vous asseoir au bureau de monsieur Saitama : il est en voyage d'affaires.

Tenshi signifie « ange » : je pensai que monsieur Tenshi portait son nom à merveille. Non seulement il m'accordait ma chance, mais en plus il ne me donnait aucune instruction : il me laissait donc carte blanche, ce qui, au Japon, est exceptionnel. Et il avait pris cette initiative sans demander l'avis de personne : c'était un gros risque pour lui.

J'en étais consciente. En conséquence, je ressentis d'emblée pour monsieur Tenshi un dévouement sans bornes — le dévouement que tout Japonais doit à son chef et que j'avais été incapable de concevoir à l'endroit de monsieur Saito et de monsieur Omochi. Monsieur Tenshi était soudain devenu mon commandant, mon capitaine de guerre : j'étais prête à me battre pour lui jusqu'au bout, comme un samouraï.

Je me jetai dans le combat du beurre allégé. Le décalage horaire ne permettait pas de téléphoner aussitôt en Belgique : je commençai

donc par une enquête auprès des centres de
consommation nippons et autres ministères de
la Santé pour savoir comment évoluaient les
habitudes alimentaires de la population vis-
à-vis du beurre et quelles influences ces chan-
gements avaient sur les taux de cholestérol
nationaux. Il en ressortit que le Japonais man-
geait de plus en plus de beurre et que l'obésité
et les maladies cardiovasculaires ne cessaient de
gagner du terrain au pays du Soleil-Levant.

Quand l'heure me le permit, j'appelai la
petite coopérative belge. Au bout du fil, le gros
accent du terroir m'émut comme jamais. Mon
compatriote, flatté d'avoir le Japon en ligne, se
montra d'une compétence parfaite. Dix minutes plus tard, je recevais vingt pages de fax
exposant, en français, le nouveau procédé
d'allégement du beurre dont la coopérative
détenait les droits.

Je rédigeai le rapport du siècle. Cela débutait
par une étude de marché : consommation du
beurre chez les Nippons, évolution depuis
1950, évolution parallèle des troubles de santé
liés à l'absorption excessive de graisse butyri-
que. Ensuite, je décrivais les anciens procédés

d'allégement du beurre, la nouvelle technique belge, ses avantages considérables, etc. Comme je devais écrire cela en anglais, j'emportai du travail chez moi : j'avais besoin de mon dictionnaire pour les termes scientifiques. Je ne dormis pas de la nuit.

Le lendemain, j'arrivai chez Yumimoto avec deux heures d'avance pour dactylographier le rapport et le remettre à monsieur Tenshi sans pour autant être en retard à mon poste au bureau de monsieur Saito.

Celui-ci m'appela aussitôt :

— J'ai inspecté les photocopies que vous avez laissées hier soir sur ma table. Vous êtes en progrès, mais ce n'est pas encore la perfection. Recommencez.

Et il jeta la liasse à la poubelle.

Je courbai la tête et m'exécutai. J'avais du mal à m'empêcher de rire.

Monsieur Tenshi vint me rejoindre près de la photocopieuse. Il me félicita avec toute la chaleur que lui permettaient sa politesse et sa réserve respectueuses :

— Votre rapport est excellent et vous l'avez

rédigé à une vitesse extraordinaire. Voulez-vous que je signale, en réunion, qui en est l'auteur ?

C'était un homme d'une générosité rare : il eût été disposé à commettre une faute professionnelle si je le lui avais demandé.

— Surtout pas, monsieur Tenshi. Cela vous nuirait autant qu'à moi.

— Vous avez raison. Cependant, je pourrais suggérer à messieurs Saito et Omochi, lors des prochaines réunions, que vous me seriez utile. Croyez-vous que monsieur Saito s'en formaliserait ?

— Au contraire. Regardez les paquets de photocopies superflues qu'il me commande de faire, histoire de m'éloigner le plus longtemps possible de son bureau : il est clair qu'il cherche à se débarrasser de moi. Il sera enchanté que vous lui en fournissiez l'occasion : il ne peut plus me supporter.

— Vous ne serez donc pas froissée si je m'attribue la paternité de votre rapport ?

J'étais éberluée de son attitude : il n'était pas tenu d'avoir de tels égards pour le sous-fifre que j'étais.

— Voyons, monsieur Tenshi, c'est un grand

honneur pour moi, que vous souhaitiez vous l'attribuer.

Nous nous quittâmes en haute estime mutuelle. J'envisageai l'avenir avec confiance. Bientôt, c'en serait fini des brimades absurdes de monsieur Saito, de la photocopieuse et de l'interdiction de parler ma deuxième langue.

Un drame éclata quelques jours plus tard. Je fus convoquée dans le bureau de monsieur Omochi : je m'y rendis sans la moindre appréhension, ignorant ce qu'il me voulait.

Quand je pénétrai dans l'antre du vice-président, je vis monsieur Tenshi assis sur une chaise. Il tourna vers moi son visage et me sourit : ce fut le sourire le plus rempli d'humanité qu'il m'ait été donné de connaître. Il y était écrit : « Nous allons vivre une épreuve abominable, mais nous allons la vivre ensemble. »

Je croyais savoir ce qu'était une engueulade. Ce que je subis me révéla mon ignorance. Monsieur Tenshi et moi reçûmes des hurlements insensés. Je me demande encore ce qui était le pire : le fond ou la forme.

Le fond était incroyablement insultant. Mon compagnon d'infortune et moi nous fîmes traiter de tous les noms : nous étions des traîtres, des nullités, des serpents, des fourbes et – sommet de l'injure – des individualistes.

La forme expliquait de nombreux aspects de l'Histoire nippone : pour que ces cris odieux s'arrêtent, j'aurais été capable du pire – d'envahir la Mandchourie, de persécuter des milliers de Chinois, de me suicider au nom de l'Empereur, de jeter mon avion sur un cuirassé américain, peut-être même de travailler pour deux compagnies Yumimoto.

Le plus insupportable, c'était de voir mon bienfaiteur humilié par ma faute. Monsieur Tenshi était un homme intelligent et consciencieux : il avait pris un gros risque pour moi, en pleine connaissance de cause. Aucun intérêt personnel n'avait guidé sa démarche : il avait agi par simple altruisme. En récompense de sa bonté, on le traînait dans la boue.

J'essayais de prendre exemple sur lui : il baissait la tête et courbait régulièrement les épaules.

Son visage exprimait la soumission et la honte. Je l'imitai. Mais vint un moment où l'obèse lui dit :

— Vous n'avez jamais eu d'autre but que de saboter la compagnie !

Les choses se passèrent très vite dans ma tête : il ne fallait pas que cet incident compromette l'avancement ultérieur de mon ange gardien. Je me jetai sous le flot grondant des cris du vice-président :

— Monsieur Tenshi n'a pas voulu saboter la compagnie. C'est moi qui l'ai supplié de me confier un dossier. Je suis l'unique responsable.

J'eus juste le temps de voir le regard effaré de mon compagnon d'infortune se tourner vers moi. Dans ses yeux, je lus : « Taisez-vous, par pitié ! » — hélas, trop tard.

Monsieur Omochi resta un instant bouche bée avant de s'approcher de moi et de me hurler en pleine figure :

— Vous osez vous défendre !

— Non, au contraire, je m'accable, je prends tous les torts sur moi. C'est moi et moi seule qu'il faut châtier.

— Vous osez défendre ce serpent !

– Monsieur Tenshi n'a aucun besoin d'être défendu. Vos accusations à son sujet sont fausses.

Je vis mon bienfaiteur fermer les yeux et je compris que je venais de prononcer l'irréparable.

– Vous osez prétendre que mes paroles sont fausses ? Vous êtes d'une grossièreté qui dépasse l'imagination !

– Je n'oserais jamais prétendre une chose pareille. Je pense seulement que monsieur Tenshi vous a dit des choses fausses dans le but de m'innocenter.

L'air de penser qu'au point où nous en étions il ne fallait plus rien redouter, mon compagnon d'infortune prit la parole. Toute la mortification du monde résonnait dans sa voix :

– Je vous en supplie, ne lui en veuillez pas, elle ne sait pas ce qu'elle dit, elle est occidentale, elle est jeune, elle n'a aucune expérience. J'ai commis une faute indéfendable. Ma honte est immense.

– En effet, vous, vous n'avez aucune excuse ! hurla l'obèse.

— Si grands soient mes torts, je dois cependant souligner l'excellence du rapport d'Amélie-san, et la formidable rapidité avec laquelle elle l'a rédigé.

— Là n'est pas la question ! C'était à monsieur Saitama d'accomplir ce travail !

— Il était en voyage d'affaires.

— Il fallait attendre son retour.

— Ce nouveau beurre allégé est sûrement convoité par bien d'autres que nous. Le temps que monsieur Saitama rentre de voyage et rédige ce rapport, nous aurions pu être devancés.

— Est-ce que par hasard vous remettriez en cause la qualité du travail de monsieur Saitama ?

— Absolument pas. Mais monsieur Saitama ne parle pas français et ne connaît pas la Belgique. Il aurait rencontré beaucoup plus d'obstacles qu'Amélie-san.

— Taisez-vous. Ce pragmatisme odieux est digne d'un Occidental.

Je trouvai un peu fort que cela soit dit sans vergogne sous mon nez.

— Pardonnez mon indignité occidentale.

Nous avons commis une faute, soit. Il n'empêche qu'il y a un profit à tirer de notre méfait...

Monsieur Omochi s'approcha de moi avec des yeux terrifiants qui interrompirent ma phrase :

– Vous, je vous préviens : c'était votre premier et votre dernier rapport. Vous vous êtes mise dans une très mauvaise situation. Sortez ! Je ne veux plus vous voir !

Je ne me le fis pas crier deux fois. Dans le couloir, j'entendis encore les hurlements de la montagne de chair et le silence contrit de la victime. Puis la porte s'ouvrit et monsieur Tenshi me rejoignit. Nous allâmes ensemble à la cuisine, écrasés par les injures que nous avions dû essuyer.

– Pardonnez-moi de vous avoir entraînée dans cette histoire, finit-il par me dire.

– De grâce, monsieur Tenshi, ne vous excusez pas ! Toute ma vie, je vous serai reconnaissante. Vous êtes le seul ici à m'avoir donné ma chance. C'était courageux et généreux de votre part. Je le savais déjà au début, je le sais mieux depuis que j'ai vu ce qui vous est tombé dessus

Vous les aviez surestimés : vous n'auriez pas dû dire que le rapport était de moi.

Il me regarda avec stupéfaction :

– Ce n'est pas moi qui l'ai dit. Rappelez-vous notre discussion : je comptais en parler en haut lieu, à monsieur Haneda, avec discrétion : c'était ma seule chance de parvenir à quelque chose. En le disant à monsieur Omochi, nous ne pouvions que courir à la catastrophe.

– Alors c'est monsieur Saito qui l'a dit au vice-président ? Quel salaud, quel imbécile : il aurait pu se débarrasser de moi en faisant mon bonheur – mais non, il a fallu qu'il...

– Ne dites pas trop de mal de monsieur Saito. Il est mieux que vous ne le pensez. Et ce n'est pas lui qui nous a dénoncés. J'ai vu le billet posé sur le bureau de monsieur Omochi, j'ai vu qui l'a écrit.

– Monsieur Saitama ?

– Non. Faut-il vraiment que je vous le dise ?

– Il le faut !

Il soupira :

– Le billet porte la signature de mademoiselle Mori.

Je reçus un coup de massue sur la tête :

— Fubuki ? C'est impossible.

Mon compagnon d'infortune se tut.

— Je n'y crois pas ! repris-je. C'est évidemment ce lâche de Saito qui lui a ordonné d'écrire ce billet — il n'a même pas le courage de dénoncer lui-même, il délègue ses délations !

— Vous vous trompez sur le compte de monsieur Saito : il est coincé, complexé, un peu obtus, mais pas méchant. Il ne nous aurait jamais livrés à la colère du vice-président.

— Fubuki serait incapable d'une chose pareille !

Monsieur Tenshi se contenta de soupirer à nouveau.

— Pourquoi aurait-elle commis une chose pareille ? continuai-je. Elle vous déteste ?

— Oh non. Ce n'est pas contre moi qu'elle l'a fait. En définitive, cette histoire vous nuit plus qu'à moi. Moi, je n'y ai rien perdu. Vous, vous y perdez des chances d'avancement pour très, très longtemps.

— Enfin, je ne comprends pas ! Elle m'a toujours témoigné des marques d'amitié.

— Oui. Aussi longtemps que vos tâches consistaient à avancer les calendriers et à photocopier le règlement du club de golf.

— Il était pourtant invraisemblable que je lui prenne sa place !

— En effet. Elle ne l'a jamais redouté.

— Mais alors, pourquoi m'a-t-elle dénoncée ? En quoi cela la dérangeait-il que j'aille travailler pour vous ?

— Mademoiselle Mori a souffert des années pour obtenir le poste qu'elle a aujourd'hui. Sans doute a-t-elle trouvé intolérable que vous ayez une telle promotion après dix semaines dans la compagnie Yumimoto.

— Je ne peux pas le croire. Ce serait tellement misérable de sa part.

— Tout ce que je peux vous dire, c'est qu'elle a vraiment beaucoup, beaucoup souffert pendant ses premières années ici.

— Et du coup, elle veut que je subisse le même sort ! C'est trop lamentable. Il faut que je lui parle.

— Le croyez-vous vraiment ?

— Bien sûr. Comment voulez-vous que les choses s'arrangent, si on n'en parle pas ?

– Tout à l'heure, vous avez parlé à monsieur Omochi, quand il nous abreuvait d'injures. Avez-vous l'impression que les choses s'en sont trouvées arrangées ?

– Ce qui est certain, c'est que si on ne parle pas, il n'y a aucune chance de régler le problème.

– Ce qui me paraît encore plus certain, c'est que si on en parle, il y a de sérieux risques d'aggraver la situation.

– Rassurez-vous, je ne vous mêlerai pas à ces histoires. Mais il faut que je parle à Fubuki. Sinon, j'en aurai une rage de dents.

Mademoiselle Mori accueillit ma proposition avec un air de courtoisie étonnée. Elle me suivit. La salle de réunion était vide. Nous nous y installâmes.

Je commençai d'une voix douce et posée :

– Je pensais que nous étions amies. Je ne comprends pas.

– Que ne comprenez-vous pas ?

– Allez-vous nier que vous m'avez dénoncée ?

– Je n'ai rien à nier. J'ai appliqué le règlement.

– Le règlement est-il plus important pour vous que l'amitié ?

– Amitié est un bien grand mot. Je dirais plutôt « bonnes relations entre collègues ».

Elle proférait ces phrases horribles avec un calme ingénu et affable.

– Je vois. Pensez-vous que nos relations vont continuer à être bonnes, suite à votre attitude ?

– Si vous vous excusez, je n'aurai pas de rancune.

– Vous ne manquez pas d'humour, Fubuki.

– C'est extraordinaire. Vous vous conduisez comme si vous étiez l'offensée alors que vous avez commis une faute grave.

J'eus le tort de sortir une réplique efficace :

– C'est curieux. Je croyais que les Japonais étaient différents des Chinois.

Elle me regarda sans comprendre. Je repris :

– Oui. La délation n'a pas attendu le communisme pour être une valeur chinoise. Et encore aujourd'hui, les Chinois de Singapour, par exemple, encouragent leurs enfants à dénoncer leurs petits camarades. Je pensais que les Japonais, eux, avaient le sens de l'honneur.

Je l'avais certainement vexée, ce qui constituait une erreur de stratégie.

Elle sourit :

— Croyez-vous que vous soyez en position de me donner des leçons de morale ?

— A votre avis, Fubuki, pourquoi ai-je demandé à vous parler ?

— Par inconscience.

— Ne pouvez-vous imaginer que ce soit par désir de réconciliation ?

— Soit. Excusez-vous et nous serons réconciliées.

Je soupirai :

— Vous êtes intelligente et fine. Pourquoi faites-vous semblant de ne pas comprendre ?

— Ne soyez pas prétentieuse. Vous êtes très facile à cerner.

— Tant mieux. En ce cas, vous comprenez mon indignation.

— Je la comprends et je la désapprouve. C'est moi qui avais des raisons d'être indignée par votre attitude. Vous avez brigué une promotion à laquelle vous n'aviez aucun droit.

– Admettons. Je n'y avais pas droit. Concrè-
tement, qu'est-ce que cela pouvait vous faire ?
Ma chance ne vous lésait en rien.

– J'ai vingt-neuf ans, vous en avez vingt-
deux. J'occupe mon poste depuis l'an passé. Je
me suis battue pendant des années pour l'avoir.
Et vous, vous imaginiez que vous alliez obtenir
un grade équivalent en quelques semaines ?

– C'est donc ça ! Vous avez besoin que je
souffre. Vous ne supportez pas la chance des
autres. C'est puéril !

Elle eut un petit rire méprisant :

– Et aggraver votre cas comme vous le faites,
vous trouvez que c'est une preuve de maturité ?
Je suis votre supérieure. Croyez-vous avoir le
droit de me parler avec cette grossièreté ?

– Vous êtes ma supérieure, oui. Je n'ai aucun
droit, je sais. Mais je voulais que vous sachiez
combien je suis déçue. Je vous tenais en si haute
estime.

Elle eut un rire élégant :

– Moi, je ne suis pas déçue. Je n'avais pas
d'estime pour vous.

Le lendemain matin, quand j'arrivai à la compagnie Yumimoto, mademoiselle Mori m'annonça ma nouvelle affectation :

– Vous ne changez pas de secteur puisque vous travaillerez ici même, à la comptabilité.

J'eus envie de rire :

– Comptable, moi ? Pourquoi pas trapéziste ?

– Comptable serait un bien grand mot. Je ne vous crois pas capable d'être comptable, dit-elle avec un sourire apitoyé.

Elle me montra un grand tiroir dans lequel étaient entassées les factures des dernières semaines. Puis elle me désigna une armoire où étaient rangés d'énormes registres qui portaient chacun le sigle de l'une des onze sections de Yumimoto.

– Votre travail sera on ne peut plus simple et donc tout à fait à votre portée, m'expliqua-t-elle avec une expression pédagogique. Vous devrez d'abord classer les factures par ordre de date. Ensuite, vous déterminerez pour chacune de quelle section elle dépend. Prenons par exemple celle-ci : onze millions pour de l'emmental finlandais – tiens, quel amusant hasard, c'est la section produits laitiers. Vous prenez le facturier DP et vous recopiez, dans chaque colonne, la date, le nom de la compagnie, le montant. Quand les factures sont consignées et classées, vous les rangez dans ce tiroir-là.

Il fallait reconnaître que ce n'était pas difficile. Je manifestai mon étonnement :

— Ce n'est pas informatisé ?

— Si : à la fin du mois, monsieur Unaji introduira toutes les factures dans l'ordinateur. Il lui suffira alors de recopier votre travail : cela lui prendra très peu de temps.

Les premiers jours, j'avais parfois des hésitations quant au choix des facturiers. Je posais des questions à Fubuki qui me répondait avec une politesse agacée :

— Reming ltd, qu'est-ce que c'est ?

— Métaux non ferreux. Section MM.

— Gunzer GMBH, c'est quoi ?

— Produits chimiques. Section CP.

Très vite, je connus par cœur toutes les compagnies et les sections desquelles elles ressortissaient. La tâche me parut de plus en plus facile. Elle était d'un ennui absolu, ce qui ne me déplaisait pas, car cela me permettait d'occuper mon esprit à autre chose. Ainsi, en consignant les factures, je relevais souvent la tête pour rêver en admirant le si beau visage de ma dénonciatrice.

Les semaines s'écoulaient et je devenais de plus en plus calme. J'appelais cela la sérénité facturière. Il n'y avait pas tant de différence entre le métier de moine copiste, au Moyen Âge, et le mien : je passais des journées entières à recopier des lettres et des chiffres. Mon cerveau n'avait jamais été aussi peu sollicité de toute sa vie et découvrait une tranquillité extraordinaire. C'était le zen des livres de comptes. Je me surprenais à penser que si je devais consacrer quarante années de mon existence à ce voluptueux abrutissement, je n'y verrais pas d'inconvénient.

Dire que j'avais été assez sotte pour faire des études supérieures. Rien de moins intellectuel, pourtant, que ma cervelle qui s'épanouissait dans la stupidité répétitive. J'étais vouée aux ordres contemplatifs, je le savais à présent. Noter des nombres en regardant la beauté, c'était le bonheur.

Fubuki avait bien raison : je me trompais de route avec monsieur Tenshi. J'avais rédigé ce rapport pour du beurre, c'était le cas de le dire. Mon esprit n'était pas de la race des conquérants, mais de l'espèce des vaches qui paissent dans le pré des factures en attendant le passage du train de la grâce. Comme il était bon de vivre sans orgueil et sans intelligence. J'hibernais.

A la fin du mois, monsieur Unaji vint informatiser mon travail. Il lui fallut deux jours pour recopier mes colonnes de chiffres et de lettres. J'étais ridiculement fière d'avoir été un efficace maillon de la chaîne.

Le hasard – ou fut-ce le destin ? – voulut qu'il gardât pour la fin le facturier CP. Comme pour les dix premiers livres de comptes, il commença par tapoter son clavier sans broncher. Quelques minutes plus tard, je l'entendis s'exclamer !

– Je n'y crois pas ! Je n'y crois pas !

Il tourna les pages avec de plus en plus de frénésie. Puis il fut pris d'un fou rire nerveux qui peu à peu se mua en une théorie de petits cris saccadés. Les quarante membres du bureau géant le regardèrent avec stupéfaction.

Je me sentais mal.

Fubuki se leva et courut jusqu'à lui. Il lui montra de très nombreux passages du facturier en hurlant de rire. Elle se retourna vers moi. Elle ne partageait pas l'hilarité maladive de son collègue. Blême, elle m'appela.

– Qu'est-ce que c'est ? me demanda-t-elle sèchement en me montrant l'une des lignes incriminées.

Je lus :

– Eh bien, c'est une facture de la GMBH qui date de...

– La GMBH ? La GMBH ! s'emporta-t-elle.

Les quarante membres de la section comptabilité éclatèrent de rire. Je ne comprenais pas.

– Pouvez-vous m'expliquer ce qu'est la GMBH ? demanda ma supérieure en croisant les bras.

– C'est une société chimique allemande avec laquelle nous traitons très souvent.

Les hurlements de rire redoublèrent.

– N'avez-vous pas remarqué que GMBH

était toujours précédé d'un ou plusieurs noms ? continua Fubuki.

– Oui. C'est, j'imagine, le nom de ses diverses filiales. J'ai jugé bon de ne pas encombrer le facturier avec ces détails.

Même monsieur Saito, tout coincé qu'il fût, laissait libre cours à son hilarité grandissante. Fubuki, elle, ne riait toujours pas. Son visage exprimait la plus terrifiante des colères contenues. Si elle avait pu me gifler, elle l'eût fait. D'une voix tranchante comme un sabre, elle me lança :

– Idiote ! Apprenez que GMBH est l'équivalent allemand de l'anglais ltd, du français S.A. Les compagnies que vous avez brillamment amalgamées sous l'appellation GMBH n'ont rien à voir les unes avec les autres ! C'est exactement comme si vous vous étiez contentée d'écrire ltd pour désigner toutes les compagnies américaines, anglaises et australiennes avec lesquelles nous traitons ! Combien de temps va-t-il nous falloir pour rattraper vos erreurs ?

Je choisis la défense la plus bête possible :

– Quelle idée, ces Allemands, de choisir un sigle aussi long pour dire S.A. !

– C'est ça ! C'est peut-être la faute des Allemands, si vous êtes stupide ?

– Calmez-vous, Fubuki, je ne pouvais pas le savoir...

– Vous ne le pouviez pas ? Votre pays a une frontière avec l'Allemagne et vous ne pouviez pas savoir ce que nous, qui vivons à l'autre bout de la planète, nous savons ?

Je fus sur le point de dire une horreur que, grâce au Ciel, je gardai pour moi : « La Belgique a peut-être une frontière avec l'Allemagne mais le Japon, pendant la dernière guerre, a eu bien plus qu'une frontière en commun avec l'Allemagne ! »

Je me contentai de baisser la tête, vaincue.

– Ne restez pas plantée là ! Allez donc chercher les factures que vos lumières ont classées en chimie depuis un mois !

En ouvrant le tiroir, j'eus presque envie de rire en constatant que, suite à mes rangements, le classeur des produits chimiques avait atteint des proportions hallucinantes.

Monsieur Unaji, mademoiselle Mori et moi nous mîmes au travail. Il nous fallut trois jours pour remettre en ordre les onze facturiers. Je n'étais déjà plus en odeur de sainteté quand éclata un événement encore plus grave.

Le premier signe en fut un tremblement dans les grosses épaules du brave Unaji : cela voulait dire qu'il allait commencer à rigoler. La vibration atteignit sa poitrine puis son gosier. Le rire jaillit enfin et j'eus la chair de poule.

Fubuki, déjà blême de rage, demanda :

– Qu'est-ce qu'elle a *encore* fait ?

Monsieur Unaji lui montra d'une part la facture et d'autre part le livre de comptes.

Elle cacha son visage derrière ses mains. J'eus envie de vomir à l'idée de ce qui m'attendait.

Ils tournèrent ensuite les pages et pointèrent diverses factures. Fubuki finit par m'empoigner par le bras : sans un mot, elle me montra les montants que mon écriture inimitable avait recopiés.

– Dès qu'il y a plus de quatre zéros d'affilée, vous n'êtes plus fichue de copier correctement ! Vous rajoutez ou enlevez à chaque fois au moins un zéro !

– Tiens, c'est vrai.

– Est-ce que vous vous rendez compte ? Combien de semaines va-t-il nous falloir, maintenant, pour repérer vos fautes et les corriger ?

— Ce n'est pas facile, tous ces zéros qui se suivent...

— Taisez-vous !

En me tirant par le bras, elle m'entraîna vers l'extérieur. Nous entrâmes dans un bureau vide dont elle ferma la porte.

— Vous n'avez pas honte ?

— Je suis désolée, dis-je lamentablement.

— Non, vous ne l'êtes pas ! Croyez-vous que je sois dupe ? C'est pour vous venger de moi que vous avez commis ces erreurs inqualifiables !

— Je vous jure que non !

— Je le sais bien. Vous m'en voulez tant de vous avoir dénoncée au vice-président pour l'affaire des produits laitiers que vous avez décidé de me ridiculiser publiquement.

— C'est moi que je ridiculise, pas vous.

— Je suis votre supérieure directe et tout le monde sait que c'est moi qui vous ai donné ce poste. C'est donc moi qui suis responsable de vos actes. Et vous le savez bien. Vous vous conduisez aussi bassement que les autres Occidentaux : vous placez votre vanité personnelle plus haut que les intérêts de la compagnie. Pour vous venger de mon attitude envers vous, vous n'avez pas hésité à saboter la comptabilité de Yumimoto, sachant pertinemment que vos torts retomberaient sur moi !

— Je n'en savais rien et je n'ai pas commis ces erreurs exprès !

— Allons ! Je n'ignore pas que vous êtes peu intelligente. Cependant, personne ne pourrait être assez stupide pour faire de pareilles fautes !

— Si : moi.

— Arrêtez ! Je sais que vous mentez.

— Fubuki, je vous donne ma parole d'honneur que je n'ai pas mal recopié exprès.

— L'honneur ! Qu'est-ce que vous y connaissez, à l'honneur ?

Elle rit avec mépris.

— Figurez-vous que l'honneur existe aussi en Occident.

— Ah ! Et vous trouvez honorable d'affirmer sans vergogne que vous êtes la dernière des imbéciles ?

— Je ne pense pas que je sois si bête.

— Il faudrait savoir ; vous êtes soit une traîtresse, soit une demeurée : il n'y a pas de troisième possibilité.

— Si, il y en a une : c'est moi. Il y a des gens normaux qui se révèlent incapables de recopier des colonnes de chiffres.

— Au Japon, ce genre de personnes n'existe pas.

— Qui songe à contester la supériorité japonaise ? dis-je en prenant un air contrit.

— Si vous apparteniez à la catégorie des handicapés mentaux, il fallait me le dire, au lieu de me laisser vous confier cette tâche.

— Je ne savais pas que j'appartenais à cette catégorie. Je n'avais jamais recopié des colonnes de chiffres de ma vie.

— C'est quand même curieux ce handicap. Il ne faut aucune intelligence pour retranscrire des montants.

— Précisément : je crois que c'est le problème des gens de mon espèce. Si notre intelligence n'est pas sollicitée, notre cerveau s'endort. D'où mes erreurs.

Le visage de Fubuki quitta enfin son expression de combat pour adopter un étonnement amusé :

– Votre intelligence a besoin d'être sollicitée ? Que c'est excentrique !

– C'est on ne peut plus ordinaire.

– Bon. Je vais réfléchir à un travail qui sol-
liciterait l'intelligence, répéta ma supérieure
qui semblait se délecter de cette façon de parler.

– Entre-temps, puis-je aller aider monsieur
Unaji à corriger mes fautes ?

– Surtout pas ! Vous avez commis assez de
dégâts comme ça !

J'ignore combien de temps il fallut à mon
malheureux collègue pour rétablir l'ordre dans
les facturiers défigurés par mes soins. Mais il
fallut deux jours à mademoiselle Mori pour
trouver une occupation qui lui parût à ma portée.

Un classeur énorme m'attendait sur mon
bureau.

– Vous vérifierez les notes de frais des voyages d'affaires, me dit-elle.

– Encore de la comptabilité ? Je vous ai
pourtant avertie de mes déficiences.

– Cela n'a plus rien à voir. Ce travail-ci sollicitera votre intelligence, précisa-t-elle avec un sourire narquois.

Elle ouvrit le classeur.

– Voici par exemple le dossier que monsieur Shiranai a constitué en vue d'être remboursé pour ses frais à l'occasion de son voyage d'affaires à Düsseldorf. Vous devez refaire le moindre de ses calculs et les contester si vous n'obtenez pas le même résultat que lui, au yen près. A cette fin, comme la plupart des factures sont réglées en marks, vous devez calculer sur la base du cours du mark aux dates indiquées sur les tickets. N'oubliez pas que les taux changent chaque jour.

Commença alors l'un des pires cauchemars de ma vie. Dès l'instant où cette nouvelle tâche me fut attribuée, la notion de temps disparut de mon existence pour laisser place à l'éternité du supplice. Jamais, au grand jamais, il ne m'arriva de tomber sur un résultat, sinon identique, au moins comparable à ceux que j'étais censée vérifier. Par exemple, si le cadre avait calculé que Yumimoto lui devait 93 327 yens, j'obtenais 15 211 yens, ou alors 172 045 yens.

Et il apparut très vite que les erreurs étaient dans mon camp.

A la fin de la première journée, je dis à Fubuki :

— Je ne pense pas être capable de remplir cette mission.

— Il s'agit pourtant d'un travail qui sollicite l'intelligence, répliqua-t-elle, implacable.

— Je ne m'en sors pas, avouai-je lamentablement.

— Vous vous habituerez.

Je ne m'habituai pas. Il se révéla que j'étais incapable, au dernier degré, et malgré des efforts acharnés, d'effectuer ces opérations

Ma supérieure s'empara du classeur pour me prouver combien c'était facile. Elle prit un dossier et se mit à tapoter, à une vitesse fulgurante, sur sa calculette dont elle n'avait même pas besoin de regarder le clavier. En moins de quatre minutes, elle conclut :

— J'obtiens le même montant que monsieur Saitama, au yen près.

Et elle apposa son cachet sur le rapport.

Subjuguée par cette nouvelle injustice de la nature, je repris mon labeur. Ainsi, douze heures ne me suffisaient pas à boucler ce dont Fubuki se jouait en trois minutes cinquante secondes.

Je ne sais combien de jours s'étaient écoulés quand elle remarqua que je n'avais encore régularisé aucun dossier.

— Pas même un seul ! s'exclama-t-elle.

— En effet, dis-je, attendant mon châtiment.

Pour mon malheur, elle se contenta de montrer le calendrier :

— N'oubliez pas que le classeur doit être achevé pour la fin du mois.

J'aurais préféré qu'elle se mît à hurler.

Des jours passèrent encore. J'étais en enfer : je recevais sans cesse des trombes de nombres avec virgules et décimales en pleine figure. Ils se muaient dans mon cerveau en un magma opaque et je ne pouvais plus les distinguer les uns des autres. Un oculiste me certifia que ce n'était pas ma vue qui était en cause.

Les chiffres, dont j'avais toujours admiré la calme beauté pythagoricienne, devinrent mes ennemis. La calculette aussi me voulait du mal. Au nombre de mes handicaps psychomoteurs, il y avait celui-ci : quand je devais tapoter sur un clavier pendant plus de cinq minutes, ma main se retrouvait soudain aussi engluée que si je l'avais plongée dans une purée de pommes de terre épaisse et collante. Quatre de mes doigts étaient irrémédiablement immobilisés ; seul l'index parvenait encore à émerger pour atteindre les touches, avec une lenteur et une gaucherie incompréhensibles pour qui ne distinguait pas les patates invisibles.

Et comme, de plus, ce phénomène se doublait d'une rare stupidité face aux chiffres, le spectacle que j'offrais devant la calculette avait de quoi déconcentrer. Je commençais par regarder chaque nouveau nombre avec autant d'étonnement que Robinson rencontrant un indigène de ce territoire inconnu ; ensuite, ma main gourde essayait de le reproduire sur le clavier. Pour cela, ma tête ne cessait d'effectuer des aller-retour entre le papier et l'écran, afin d'être sûre de ne pas avoir égaré une virgule ou un zéro en cours de route – le plus étrange étant que ces vérifications minutieuses ne m'empêchaient pas de laisser passer des erreurs colossales.

Un jour, comme je tapotais pitoyablement

sur la machine, je levai les yeux et je vis ma supérieure qui m'observait avec consternation.

– Quel est donc votre problème ? me demanda-t-elle.

Pour la rassurer, je lui confiai le syndrome de la purée de pommes de terre qui paralysait ma main. Je crus que cette histoire me rendrait sympathique.

L'unique résultat de ma confidence fut cette conclusion que je lus dans le superbe regard de Fubuki : « A présent, j'ai compris : c'est une véritable handicapée mentale. Tout s'explique. »

La fin du mois approchait et le classeur demeurait aussi épais.

– Etes-vous sûre que vous ne le faites pas exprès ?

– Absolument sûre.

– Y a-t-il beaucoup de... gens comme vous dans votre pays ?

J'étais la première Belge qu'elle rencontrait. Un sursaut d'orgueil national me poussa à répondre la vérité :

— Aucun Belge n'est semblable à moi.

— Cela me rassure.

J'éclatai de rire.

— Vous trouvez cela comique ?

— On ne vous a jamais dit, Fubuki, qu'il était avilissant de rudoyer les handicapés mentaux ?

— Si. Mais on ne m'avait pas prévenue que j'aurais l'un d'entre eux sous mes ordres.

Je rigolai de plus belle.

— Je ne vois toujours pas ce qui vous amuse.

— Cela fait partie de ma maladie psycho-motrice.

— Concentrez-vous plutôt sur votre travail.

Le 28, je lui annonçai ma décision de ne plus rentrer chez moi le soir :

— Avec votre permission, je passerai les nuits ici, à mon poste.

— Votre cerveau est-il plus efficace dans l'obscurité ?

— Espérons-le. Peut-être cette nouvelle contrainte le rendra-t-elle enfin opérationnel.

Je reçus son autorisation sans difficulté. Il n'était pas rare que des employés restent au bureau toute la nuit, quand il y avait des échéances à respecter.

— Croyez-vous qu'une nuit suffira ?

— Certainement pas. Je n'ai pas prévu de rentrer chez moi avant le 31.

Je lui montrai un sac à dos :

— J'ai apporté ce qu'il me faut.

Une certaine griserie s'empara de moi lorsque je me retrouvai seule dans la compagnie Yumimoto. Elle passa très vite, quand je constatai que mon cerveau ne fonctionnait pas mieux la nuit. Je travaillai sans trêve : cet acharnement ne donna aucun résultat.

A quatre heures du matin, j'allai faire une rapide toilette devant un lavabo et me changer. Je bus un thé très fort et regagnai mon poste.

Les premiers employés arrivèrent à sept heures. Fubuki arriva une heure plus tard. Elle eut un bref regard sur le casier des notes de frais vérifiées et vit qu'il était toujours aussi vide. Elle hocha la tête.

Une nuit blanche succéda à la précédente. La situation demeurait inchangée. Dans mon crâne, les choses restaient aussi confuses. J'étais pourtant très loin du désespoir. Je ressentais un optimisme incompréhensible qui me rendait audacieuse. Ainsi, sans interrompre mes calculs, je tenais à ma supérieure des discours pour le moins hors de propos :

— Dans votre prénom, il y a la neige. Dans la version japonaise de mon prénom, il y a la pluie. Cela me paraît pertinent. Il y a entre vous et moi la même différence qu'entre la neige et la pluie. Ce qui ne nous empêche pas d'être composées d'un matériau identique.

— Trouvez-vous vraiment qu'il y ait un point de comparaison entre vous et moi ?

Je riais. En vérité, à cause du manque de sommeil, je riais pour un rien. J'avais parfois des coups de fatigue et de découragement, mais je ne tardais jamais à retomber dans mon hilarité.

Mon tonneau des Danaïdes ne cessait de se remplir de chiffres que mon cerveau percé laissait fuir. J'étais le Sisyphe de la comptabilité et, tel le héros mythique, je ne me désespérais jamais, je recommençais les opérations inexorables pour la centième fois, la millième fois. Je me dois au passage de signaler ce prodige : je me trompai mille fois, ce qui eût été consternant comme de la musique répétitive si mes mille erreurs n'avaient été diverses à chaque fois ; j'obtins, pour chaque calcul, mille résultats différents. J'avais du génie.

Il n'était pas rare qu'entre deux additions je relève la tête pour contempler celle qui m'avait mise aux galères. Sa beauté me stupéfiait. Mon seul regret était son brushing propret qui immobilisait ses cheveux mi-longs en une courbe imperturbable dont la rigidité signifiait : « Je suis une *executive woman.* » Alors, je me livrais à un délicieux exercice : je la décoiffais mentalement. A cette chevelure éclatante de noirceur, je rendais la liberté. Mes doigts immatériels lui donnaient un négligé admirable. Parfois, je me déchaînais, je lui mettais les cheveux dans un tel état qu'elle semblait avoir passé une folle nuit d'amour. Cette sauvagerie la rendait sublime.

Il advint que Fubuki me surprit dans mon métier de coiffeuse imaginaire :

– Pourquoi me regardez-vous comme ça ?

– Je pensais qu'en japonais, « cheveux » et « dieu » se disent de la même façon.

— « Papier » aussi, ne l'oubliez pas. Retournez à votre paperasse.

Mon flou mental s'aggravait d'heure en heure. Je savais de moins en moins ce que je devais dire ou ne pas dire. En cherchant le cours de la couronne suédoise à la date du 20/2/1990, ma bouche prit l'initiative de parler :

— Qu'est-ce que vous vouliez devenir plus tard, quand vous étiez petite ?

— Championne de tir à l'arc.

— Cela vous irait bien !

Comme elle ne me rendait pas ma question, j'enchaînai :

— Moi, quand j'étais petite, je voulais devenir Dieu. Le Dieu des chrétiens, avec un grand D. Vers l'âge de cinq ans, j'ai compris que mon ambition était irréalisable. Alors, j'ai mis un peu d'eau dans mon vin et j'ai décidé de devenir le Christ. J'imaginais ma mort sur la croix devant l'humanité entière. A l'âge de sept ans, j'ai pris conscience que cela ne m'arriverait pas. J'ai résolu, plus modestement, de devenir martyre. Je me suis tenue à ce choix pendant de nombreuses années. Ça n'a pas marché non plus.

— Et ensuite ?

— Vous le savez : je suis devenue comptable chez Yumimoto. Et je crois que je ne pouvais pas descendre plus bas.

— Vous croyez ? demanda-t-elle avec un drôle de sourire.

Vint la nuit du 30 au 31. Fubuki fut la dernière à partir. Je me demandais pourquoi elle ne m'avait pas congédiée : n'était-il pas trop clair que je ne parviendrais jamais à boucler même le centième de mon travail ?

Je me retrouvai seule. C'était ma troisième nuit blanche d'affilée, dans le bureau géant. Je tapotais sur la calculette et notais des résultats de plus en plus incongrus.

Il m'arriva alors une chose fabuleuse : mon esprit passa de l'autre côté.

Soudain, je ne fus plus amarrée. Je me levai. J'étais libre. Jamais je n'avais été aussi libre. Je marchai jusqu'à la baie vitrée. La ville illuminée était très loin au-dessous de moi. Je dominais le monde. J'étais Dieu. Je défenestrai mon corps pour en être quitte.

J'éteignis les néons. Les lointaines lumières de la cité suffisaient à y voir clair. J'allai à la cuisine chercher un Coca que je bus d'un trait. De retour à la section comptabilité, je délaçai mes souliers et les envoyai promener. Je sautai sur un bureau, puis de bureau en bureau, en poussant des cris de joie.

J'étais si légère que les vêtements m'accablaient. Je les enlevai un à un et les dispersai autour de moi. Quand je fus nue, je fis le poirier – moi qui de ma vie n'en avais jamais été capable. Sur les mains, je parcourus les bureaux adjacents. Ensuite, après une culbute parfaite, je bondis et me retrouvai assise à la place de ma supérieure.

Fubuki, je suis Dieu. Même si tu ne crois pas en moi, je suis Dieu. Tu commandes, ce qui n'est pas grand-chose. Moi, je règne. La puissance ne m'intéresse pas. Régner, c'est tellement plus beau. Tu n'as pas idée de ma gloire. C'est bon, la gloire. C'est de la trompette jouée par les anges en mon honneur. Jamais je n'ai été aussi glorieuse que cette nuit. C'est grâce à toi. Si tu savais que tu travailles à ma gloire !

Ponce Pilate ne savait pas non plus qu'il

œuvrait pour le triomphe du Christ. Il y a eu le Christ aux oliviers, moi je suis le Christ aux ordinateurs. Dans l'obscurité qui m'entoure se hérisse la forêt des ordinateurs de haute futaie.

Je regarde ton ordinateur, Fubuki. Il est grand et magnifique. Les ténèbres lui donnent l'apparence d'une statue de l'île de Pâques. Minuit est passé : c'est aujourd'hui vendredi, mon vendredi saint, jour de Vénus en français, jour de l'or en japonais, et je vois mal quelle cohérence je pourrais trouver entre cette souffrance judéo-chrétienne, cette volupté latine et cette adoration nippone du métal incorruptible.

Depuis que j'ai quitté le monde séculier pour entrer dans les ordres, le temps a perdu toute consistance et s'est mué en une calculette sur laquelle je pianote des nombres bourrés d'erreurs. Je crois que c'est Pâques. Du haut de ma tour de Babel, je regarde vers le parc d'Ueno et je vois des arbres enneigés : des cerisiers en fleur – oui, ce doit être Pâques.

Autant Noël me déprime, autant Pâques me réjouit. Un Dieu qui devient un bébé, c'est consternant. Un pauvre type qui devient Dieu, c'est quand même autre chose. J'enlace l'ordinateur de Fubuki et le couvre de baisers. Moi aussi, je suis une pauvre crucifiée. Ce que j'aime, dans la crucifixion, c'est que c'est la fin. Je vais enfin cesser de souffrir. Ils m'ont martelé le corps de tant de nombres qu'il n'y a plus place pour la moindre décimale. Ils me trancheront la tête avec un sabre et je ne sentirai plus rien.

C'est une grande chose que de savoir quand on va mourir. On peut s'organiser et faire de son dernier jour une œuvre d'art. Au matin, mes bourreaux arriveront et je leur dirai : « J'ai failli ! Tuez-moi. Accomplissez mon ultime volonté : que ce soit Fubuki qui me donne la mort. Qu'elle me dévisse le crâne comme à un poivrier. Mon sang coulera et ce sera du poivre noir. Prenez et mangez, car ceci est mon poivre qui sera versé pour vous et pour la multitude, le poivre de l'alliance nouvelle et éternelle. Vous éternuerez en mémoire de moi. »

Soudain, le froid s'empare de moi. J'ai beau serrer l'ordinateur dans mes bras, ça ne réchauffe pas. Je remets mes vêtements. Comme je claque toujours des dents, je me couche par terre et je renverse sur moi le contenu de la poubelle. Je perds connaissance.

On me crie dessus. J'ouvre les yeux et je vois des détritus. Je les referme.

Je retombe dans l'abîme.

J'entends la douce voix de Fubuki :

– Je la reconnais bien là. Elle s'est recouverte d'ordures pour qu'on n'ose pas la secouer. Elle s'est rendue intouchable. C'est dans sa manière. Elle n'a aucune dignité. Quand je lui dis qu'elle est bête, elle me répond que c'est plus grave, qu'elle est une handicapée mentale. Il faut toujours qu'elle s'abaisse. Elle croit que cela la met hors de portée. Elle se trompe.

J'ai envie d'expliquer que c'était pour me protéger du froid. Je n'ai pas la force de parler. Je suis au chaud sous les saletés de Yumimoto. Je sombre encore.

J'émergeai. A travers une couche de paperasse chiffonnée, de canettes, de mégots mouil-
lés de Coca, j'aperçus l'horloge qui indiquait
dix heures du matin.

Je me relevai. Personne n'osa me regarder, à
part Fubuki qui me dit avec froideur :

— La prochaine fois que vous déciderez de
vous déguiser en clocharde, ne le faites plus
dans notre entreprise. Il y a des stations de
métro pour ça.

Malade de honte, je pris mon sac à dos et
filai aux toilettes où je me changeai et me lavai
la tête sous le robinet. Quand je revins, une
femme d'ouvrage avait déjà nettoyé les traces
de ma folie.

— J'aurais voulu faire ça moi-même, dis-je,
gênée.

— Oui, commenta Fubuki. Ça, au moins,
vous en auriez peut-être été capable.

— J'imagine que vous pensez aux vérifications de frais. Vous avez raison : c'est au-dessus
de mes capacités. Je vous l'annonce solennel-
lement : je renonce à cette tâche.

— Vous y avez mis le temps, observa-t-elle,
narquoise.

« C'était donc ça, pensai-je. Elle voulait que ce soit moi qui le dise. Evidemment : c'est beaucoup plus humiliant. »

– L'échéance tombe ce soir, repris-je.

– Donnez-moi le classeur.

En vingt minutes, elle avait fini.

Je passai la journée comme un zombie. J'avais la gueule de bois. Mon bureau était recouvert de liasses de papiers couverts d'erreurs de calcul. Je les jetai un à un.

Quand je voyais Fubuki travailler à son ordinateur, j'avais du mal à m'empêcher de rire. Je me revoyais la veille, nue, assise sur le clavier, enlaçant la machine avec mes bras et mes jambes. Et à présent, la jeune femme posait ses doigts sur les touches. C'était la première fois que je m'intéressais à l'informatique.

Les quelques heures de sommeil sous les détritus n'avaient pas suffi à m'extraire de la bouillie que l'excès de chiffres avait fait de mon cerveau. Je pataugeais, je cherchais sous les décombres les cadavres de mes repères mentaux. Cependant, je savourais déjà un répit miraculeux : pour la première fois depuis des semaines interminables, je n'étais pas en train de tapoter sur la calculette.

Je redécouvrais le monde sans nombres. Puisqu'il y a l'analphabétisme, il devrait y avoir l'anarythmétisme pour parler du drame particulier aux gens de mon espèce.

Je rentrai dans le siècle. Il peut paraître étrange que, après ma nuit de folie, les choses aient repris comme si rien de grave n'était arrivé. Certes, personne ne m'avait vue parcourir les bureaux toute nue, en marchant sur les mains, ni rouler un patin à un honnête ordinateur. Mais on m'avait quand même retrouvée endormie sous le contenu de la poubelle. Dans d'autres pays, on m'eût peut-être mise à la porte pour ce genre de comportement.

Singulièrement, il y a une logique à cela : les systèmes les plus autoritaires suscitent, dans les nations où ils sont d'application, les cas les plus hallucinants de déviance – et, par ce fait même, une relative tolérance à l'égard des bizarreries humaines les plus sidérantes. On ne sait ce qu'est un excentrique si l'on n'a pas rencontré un excentrique nippon. J'avais dormi sous les ordures ? On en avait vu d'autres. Le Japon est un pays qui sait ce que « craquer » veut dire.

Je recommençai à jouer les utilités. Il me serait difficile d'exprimer la volupté avec laquelle je préparais le thé et le café : ces gestes simples qui ne présentaient aucun obstacle à ma pauvre cervelle me recousaient l'esprit.

Le plus discrètement possible, je me remis à avancer les calendriers. Je m'efforçais d'avoir l'air affairée tout le temps, si grande était ma peur qu'on me recolle aux chiffres.

Mine de rien, eut lieu un événement : je rencontrai Dieu. L'ignoble vice-président m'avait commandé une bière, trouvant sans doute qu'il n'était pas assez gros comme ça. J'étais venue la lui apporter avec un dégoût poli. Je quittais l'antre de l'obèse quand s'ouvrit la porte du bureau voisin : je tombai nez à nez avec le président.

Nous nous regardâmes l'un l'autre avec stupéfaction. De ma part, c'était compréhensible : il m'était enfin donné de voir le dieu de Yumimoto. De la sienne, c'était moins facile à expliquer : savait-il même que j'existais ? Il sembla que ce fut le cas car il s'exclama, avec une voix d'une beauté et d'une délicatesse insensées :

— Vous êtes sûrement Amélie-san !

Il sourit et me tendit la main. J'étais tellement ahurie que je ne pus émettre un son. Monsieur Haneda était un homme d'une cinquantaine d'années, au corps mince et au visage d'une élégance exceptionnelle. Il se dégageait de lui une impression de profonde bonté et d'harmonie. Il eut pour moi un regard d'une amabilité si vraie que je perdis le peu de contenance qui me restait.

Il s'en alla. Je demeurai seule dans le couloir, incapable de bouger. Ainsi donc, le président de ce lieu de torture, où je subissais chaque jour des humiliations absurdes, où j'étais l'objet de tous les mépris, le maître de cette géhenne était ce magnifique être humain, cette âme supérieure !

C'était à n'y rien comprendre. Une société dirigée par un homme d'une noblesse si criante eût dû être un paradis raffiné, un espace d'épanouissement et de douceur. Quel était ce mys-

tère ? Etait-il possible que Dieu règne sur les
Enfers ?

J'étais toujours figée de stupeur quand me
fut apportée la réponse à cette question. La
porte du bureau de l'énorme Omochi s'ouvrit
et j'entendis la voix de l'infâme qui me hurlait :

— Qu'est-ce que vous fichez là ? On ne vous
paie pas pour traîner dans les couloirs !

Tout s'expliquait : à la compagnie Yumimoto, Dieu était le président et le vice-président était le Diable.

Fubuki, elle, n'était ni Diable ni Dieu :
c'était une Japonaise.

Toutes les Nippones ne sont pas belles. Mais
quand l'une d'entre elles se met à être belle, les
autres n'ont qu'à bien se tenir.

Toute beauté est poignante, mais la beauté
japonaise est plus poignante encore. D'abord
parce que ce teint de lys, ces yeux suaves, ce
nez aux ailes inimitables, ces lèvres aux
contours si dessinés, cette douceur compliquée
des traits ont déjà de quoi éclipser les visages
les plus réussis.

Ensuite parce que ses manières la stylisent et font d'elle une œuvre d'art inaccessible à l'entendement.

Enfin et surtout parce qu'une beauté qui a résisté à tant de corsets physiques et mentaux, à tant de contraintes, d'écrasements, d'interdits absurdes, de dogmes, d'asphyxie, de désolations, de sadisme, de conspiration du silence et d'humiliations – une telle beauté, donc, est un miracle d'héroïsme.

Non que la Nippone soit une victime, loin de là. Parmi les femmes de la planète, elle n'est vraiment pas la plus mal lotie. Son pouvoir est considérable : je suis bien placée pour le savoir.

Non : s'il faut admirer la Japonaise – et il le faut –, c'est parce qu'elle ne se suicide pas. On conspire contre son idéal depuis sa plus tendre enfance. On lui coule du plâtre à l'intérieur du cerveau : « Si à vingt-cinq ans tu n'es pas mariée, tu auras de bonnes raisons d'avoir honte », « si tu ris, tu ne seras pas distinguée », « si ton visage exprime un sentiment, tu es vulgaire », « si tu mentionnes l'existence d'un poil sur ton corps, tu es immonde », « si un garçon t'embrasse sur la joue en public, tu es une putain », « si tu manges avec plaisir, tu es une truie », « si tu éprouves du plaisir à dormir, tu es une vache », etc. Ces préceptes seraient anecdotiques s'ils ne s'en prenaient pas à l'esprit.

Car, en fin de compte, ce qui est assené à la Nippone à travers ces dogmes incongrus, c'est qu'il ne faut rien espérer de beau. N'espère pas jouir, car ton plaisir t'anéantirait. N'espère pas être amoureuse, car tu n'en vaux pas la peine : ceux qui t'aimeraient t'aimeraient pour tes mirages, jamais pour ta vérité. N'espère pas que la vie t'apporte quoi que ce soit, car chaque année qui passera t'enlèvera quelque chose. N'espère pas même une chose aussi simple que le calme, car tu n'as aucune raison d'être tranquille.

Espère travailler. Il y a peu de chances, vu ton sexe, que tu t'élèves beaucoup, mais espère servir ton entreprise. Travailler te fera gagner de l'argent, dont tu ne retireras aucune joie mais dont tu pourras éventuellement te prévaloir, par exemple en cas de mariage – car tu ne seras pas assez sotte pour supposer que l'on puisse vouloir de toi pour ta valeur intrinsèque.

A part cela, tu peux espérer vivre vieille, ce qui n'a pourtant aucun intérêt, et ne pas connaître le déshonneur, ce qui est une fin en soi. Là s'arrête la liste de tes espoirs licites.

Ici commence l'interminable théorie de tes devoirs stériles. Tu devras être irréprochable, pour cette seule raison que c'est la moindre des choses. Etre irréprochable ne te rapportera rien d'autre que d'être irréprochable, ce qui n'est ni une fierté ni encore moins une volupté.

Je ne pourrai jamais énumérer tous tes devoirs, car il n'y a pas une minute de ta vie qui ne soit régentée par l'un d'entre eux. Par exemple, même quand tu seras isolée aux toilettes pour l'humble besoin de soulager ta vessie, tu auras l'obligation de veiller à ce que personne ne puisse entendre la chansonnette de ton ruisseau : tu devras donc tirer la chasse sans trêve.

Je cite ce cas pour que tu comprennes ceci : si même des domaines aussi intimes et insignifiants de ton existence sont soumis à un commandement, songe, a fortiori, à l'ampleur des contraintes qui pèseront sur les moments essentiels de ta vie.

Tu as faim ? Mange à peine, car tu dois rester mince, non pas pour le plaisir de voir les gens se retourner sur ta silhouette dans la rue – ils ne le feront pas –, mais parce qu'il est honteux d'avoir des rondeurs.

Tu as pour devoir d'être belle. Si tu y parviens, ta beauté ne te vaudra aucune volupté. Les uniques compliments que tu recevrais émaneraient d'Occidentaux, et nous savons combien ils sont dénués de bon goût. Si tu admires ta propre joliesse dans le miroir, que ce soit dans la peur et non dans le plaisir : car ta beauté ne t'apportera rien d'autre que la terreur de la perdre. Si tu es une belle fille, tu ne seras pas grand-chose ; si tu n'es pas une belle fille, tu seras moins que rien.

Tu as pour devoir de te marier, de préférence avant tes vingt-cinq ans qui seront ta date de péremption. Ton mari ne te donnera pas d'amour, sauf si c'est un demeuré, et il n'y a pas de bonheur à être aimée d'un demeuré. De toute façon, qu'il t'aime ou non, tu ne le verras pas. A deux heures du matin, un homme épuisé et souvent ivre te rejoindra pour s'effondrer sur le lit conjugal, qu'il quittera à six heures sans t'avoir dit un mot.

Tu as pour devoir d'avoir des enfants que tu traiteras comme des divinités jusqu'à leurs trois ans, âge où, d'un coup sec, tu les expulseras du paradis pour les inscrire au service militaire, qui durera de trois à dix-huit ans puis de vingt-cinq ans à leur mort. Tu es obligée de mettre au monde des êtres qui seront d'autant plus malheureux que leurs trois premières années de vie leur auront inculqué la notion du bonheur.

Tu trouves ça horrible ? Tu n'es pas la première à le penser. Tes semblables le pensent depuis 1960. Tu vois bien que cela n'a servi à rien. Nombre d'entre elles se sont révoltées et tu te révolteras peut-être pendant la seule période libre de ta vie, entre dix-huit et vingt-cinq ans. Mais à vingt-cinq ans, tu t'apercevras soudain que tu n'es pas mariée et tu auras honte. Tu quitteras ta tenue excentrique pour un tailleur propret, des collants blancs et des escarpins grotesques, tu soumettras ta splendide chevelure lisse à un brushing désolant et tu seras soulagée si quelqu'un – mari ou employeur – veut de toi.

Pour le cas très improbable où tu ferais un mariage d'amour, tu serais encore plus malheureuse, car tu verrais ton mari souffrir. Mieux vaut que tu ne l'aimes pas : cela te permettra d'être indifférente au naufrage de ses idéaux, car ton mari en a encore, lui. Par exemple, on lui a laissé espérer qu'il serait aimé d'une femme. Il verra vite, pourtant, que tu ne l'aimes pas. Comment pourrais-tu aimer quelqu'un avec le plâtre qui t'immobilise le cœur ? On t'a imposé trop de calculs pour que tu puisses aimer. Si tu aimes quelqu'un, c'est qu'on t'a mal éduquée. Les premiers jours de tes noces, tu simuleras toutes sortes de choses. Il faut reconnaître qu'aucune femme ne simule avec ton talent.

Ton devoir est de te sacrifier pour autrui. Cependant, n'imagine pas que ton sacrifice rendra heureux ceux auxquels tu le dédieras. Cela leur permettra de ne pas rougir de toi. Tu n'as aucune chance ni d'être heureuse ni de rendre heureux.

Et si par extraordinaire ton destin échappait à l'une de ces prescriptions, n'en déduis surtout pas que tu as triomphé : déduis-en que tu te trompes. D'ailleurs, tu t'en rendras compte très vite, car l'illusion de ta victoire ne peut être que provisoire. Et ne jouis pas de l'instant : laisse cette erreur de calcul aux Occidentaux. L'instant n'est rien, ta vie n'est rien. Aucune durée ne compte qui soit inférieure à dix mille ans.

Si cela peut te consoler, personne ne te considère comme moins intelligente que l'homme. Tu es brillante, cela saute aux yeux de tous, y compris de ceux qui te traitent si bassement. Pourtant, à y réfléchir, trouves-tu cela si consolant ? Au moins, si l'on te pensait inférieure, ton enfer serait explicable et tu pourrais en sortir en démontrant, conformément aux préceptes de la logique, l'excellence de ton cerveau. Or, on te sait égale, voire supérieure : ta géhenne est donc absurde, ce qui signifie qu'il n'y a pas d'itinéraire pour la quitter.

Si : il y en a un. Un seul mais auquel tu as pleinement droit, sauf si tu as commis la sottise de te convertir au christianisme : tu as le droit de te suicider. Au Japon, nous savons que c'est un acte de grand honneur. N'imagine surtout pas que l'au-delà est l'un de ces paradis joviaux décrits par les sympathiques Occidentaux. De l'autre côté, il n'y a rien de si formidable. En compensation, pense à ce qui en vaut la peine : ta réputation posthume. Si tu te suicides, elle sera éclatante et fera la fierté de tes proches. Tu auras une place de choix dans le caveau familial : c'est là le plus haut espoir qu'un humain puisse nourrir.

Certes, tu peux ne pas te suicider. Mais alors, tôt ou tard, tu ne tiendras plus et tu verseras dans un déshonneur quelconque : tu prendras un amant, ou tu t'adonneras à la goinfrerie, ou tu deviendras paresseuse – va-t'en savoir. Nous avons observé que les humains en général, et les femmes en particulier, ont du mal à vivre longtemps sans sombrer dans l'un de ces travers liés au plaisir charnel. Si nous nous méfions de ce dernier, ce n'est pas par puritanisme : loin de nous cette obsession américaine.

En vérité, il vaut mieux éviter la volupté parce qu'elle fait transpirer. Il n'y a pas plus honteux que la sueur. Si tu manges à grandes bouchées ton bol de nouilles brûlantes, si tu te livres à la rage du sexe, si tu passes ton hiver à somnoler près du poêle, tu sueras. Et plus personne ne doutera de ta vulgarité.

Entre le suicide et la transpiration, n'hésite pas. Verser son sang est aussi admirable que verser sa sueur est innommable. Si tu te donnes la mort, tu ne transpireras plus jamais et ton angoisse sera finie pour l'éternité.

Je ne pense pas que le sort du Japonais soit beaucoup plus enviable. Dans les faits, je pense même le contraire. La Nippone, elle, a au moins la possibilité de quitter l'enfer de l'entreprise en se mariant. Et ne pas travailler dans une compagnie japonaise me paraît une fin en soi.

Mais le Nippon, lui, n'est pas un asphyxié. On n'a pas détruit en lui, dès son plus jeune âge, toute trace d'idéal. Il possède l'un des droits humains les plus fondamentaux : celui de rêver, d'espérer. Et il ne s'en prive pas. Il imagine des mondes chimériques où il est maître et libre.

La Japonaise n'a pas ce recours, si elle est bien éduquée – et c'est le cas de la majorité d'entre elles. On l'a pour ainsi dire amputée de cette faculté essentielle. C'est pourquoi je proclame ma profonde admiration pour toute Nippone qui ne s'est pas suicidée. De sa part, rester en vie est un acte de résistance d'un courage aussi désintéressé que sublime.

Ainsi pensais-je en contemplant Fubuki.
– Peut-on savoir ce que vous faites ? me demanda-t-elle d'une voix acerbe.
– Je rêve. Ça ne vous arrive jamais ?
– Jamais.
Je souris. Monsieur Saito venait de devenir père d'un deuxième enfant, un garçon. L'une des merveilles de la langue japonaise est que l'on peut créer des prénoms à l'infini, à partir de toutes les catégories du discours. Par l'une de ces bizarreries dont la culture nippone offre d'autres exemples, celles qui n'ont pas le droit de rêver portent des prénoms qui font rêver, comme Fubuki. Les parents se permettent les plus délicats lyrismes quand il est question de nommer une fille. En revanche, quand il s'agit

de nommer un garçon, les créations onomastiques sont souvent d'un sordide hilarant.

Ainsi, comme il était on ne peut plus licite d'élire pour prénom un verbe à l'infinitif, monsieur Saito avait appelé son fils Tsutomeru, c'est-à-dire « travailler ». Et l'idée de ce garçonnet affublé d'un tel programme en guise d'identité me donnait envie de rire.

J'imaginais, dans quelques années, l'enfant qui rentrerait de l'école et à qui sa mère lancerait : « Travailler ! Va travailler ! » Et s'il devenait chômeur ?

Fubuki était irréprochable. Son seul défaut était qu'à vingt-neuf ans, elle n'avait pas de mari. Nul doute que ce fût pour elle un sujet de honte. Or, à y réfléchir, si une jeune femme aussi belle n'avait pas trouvé d'époux, c'était parce qu'elle avait été irréprochable. C'était parce qu'elle avait appliqué avec un zèle absolu la règle suprême qui servait de prénom au fils de monsieur Saito. Depuis sept ans, elle avait englouti son existence entière dans le travail. Avec fruit, puisqu'elle avait effectué une ascension professionnelle rare pour un être du sexe féminin

Mais avec un pareil emploi du temps, il eût été absolument impossible qu'elle convolât en justes noces. On ne pouvait cependant pas lui reprocher d'avoir trop travaillé car, aux yeux d'un Japonais, on ne travaille jamais trop. Il y avait donc une incohérence dans le règlement prévu pour les femmes : être irréprochable en travaillant avec acharnement menait à dépasser l'âge de vingt-cinq ans sans être mariée et, par conséquent, à ne pas être irréprochable. Le sommet du sadisme du système résidait dans son aporie : le respecter menait à ne pas le respecter.

Fubuki avait-elle honte de son célibat prolongé ? Certainement. Elle était trop obsédée par sa perfection pour s'autoriser le moindre manquement aux consignes suprêmes. Je me demandais si elle avait parfois des amants de passage : ce qui était hors de doute, c'est qu'elle ne se serait pas vantée de ce crime de lèse-nadeshiko (le *nadeshiko*, « œillet », symbolise l'idéal nostalgique de la jeune Japonaise virginale). Moi qui connaissais son emploi du temps, je ne voyais même pas comment elle aurait pu se permettre une banale aventure.

J'observais son comportement quand elle
avait affaire à un célibataire – beau ou laid,
jeune ou vieux, affable ou détestable, intelligent ou stupide, peu importait, pourvu qu'il
ne lui fût pas inférieur dans la hiérarchie de
notre compagnie ou de la sienne : ma supérieure devenait soudain d'une douceur si
appuyée qu'elle en prenait un tour presque
agressif. Eperdues de nervosité, ses mains
tâtonnaient jusqu'à sa large ceinture qui avait
tendance à ne pas rester en place sur sa taille
trop mince et remettaient par-devant la boucle
qui s'était décentrée. Sa voix se faisait cares-
sante jusqu'à ressembler à un gémissement.

Dans mon lexique intérieur, j'avais appelé ça
« la parade nuptiale de mademoiselle Mori ».
Il y avait quelque chose de comique à regarder
mon bourreau se livrer à ces singeries qui dimi-
nuaient tant sa beauté que sa classe. Cependant, je ne pouvais m'empêcher d'en avoir le
cœur serré, d'autant que les mâles devant les-
quels elle déployait cette pathétique tentative
de séduction ne s'en apercevaient pas et y
étaient donc parfaitement insensibles. J'avais
parfois envie de les secouer et de leur crier :

– Allons, sois un peu galant ! Tu n'as pas vu le mal qu'elle se donne pour toi ? Je suis d'accord, ça ne l'avantage pas, mais si tu savais comme elle est belle quand elle ne fait pas ces manières ! Beaucoup trop belle pour toi, d'ailleurs. Tu devrais pleurer de joie d'être convoité par une telle perle.

Quant à Fubuki, j'aurais tant voulu lui dire :

– Arrête ! Tu crois vraiment que ça va l'attirer, ton cinéma ridicule ? Tu es tellement plus séduisante quand tu m'injuries et me traites comme du poisson pourri. Si cela peut t'aider, tu n'as qu'à imaginer que lui, c'est moi. Parle-lui en te figurant que tu me parles : tu seras donc méprisante, hautaine, tu lui diras qu'il est un malade mental, un bon à rien – tu verras, il ne restera pas indifférent.

J'avais surtout envie de lui susurrer :

– Ne vaut-il pas mille fois mieux rester célibataire jusqu'à la fin de tes jours que de t'encombrer de ce doigt blanc ? Que ferais-tu d'un mari pareil ? Et comment peux-tu avoir honte de ne pas avoir épousé l'un de ces hommes, toi qui es sublime, olympienne, toi qui es le chef-d'œuvre de cette planète ? Ils sont quasi tous plus petits que toi : ne crois-tu pas que c'est un signe ? Tu es un arc trop grand pour ces minables archers.

Quand l'homme-proie s'en allait, le visage de ma supérieure passait, en moins d'une seconde, de la minauderie à l'extrême froideur. Il n'était pas rare, alors, qu'elle croise mon regard narquois. Elle resserrait ses lèvres avec haine.

Dans une compagnie amie de Yumimoto travaillait un Hollandais de vingt-sept ans, Piet Kramer. Bien que non japonais, il avait atteint un statut hiérarchique égal à celui de ma tortionnaire. Comme il mesurait un mètre quatre-vingt-dix, j'avais pensé qu'il était un parti possible pour Fubuki. De fait, quand il passait par notre bureau, elle se lançait dans une parade nuptiale frénétique, tournant et retournant sa ceinture.

C'était un brave type qui avait bonne allure. Il convenait d'autant mieux qu'il était hollandais : cette origine quasi germanique rendait son appartenance à la race blanche beaucoup moins grave.

Un jour, il me dit :

— Vous avez de la chance de travailler avec mademoiselle Mori. Elle est si gentille !

Cette déclaration m'amusa. Je décidai d'en user : je la répétai à ma collègue, non sans un sourire ironique en mentionnant sa « gentillesse ». J'ajoutai :

— Cela signifie qu'il est amoureux de vous.

Elle me regarda avec stupéfaction.

— C'est vrai ?

— Je suis formelle, assurai-je.

Elle resta perplexe quelques instants. Voici ce qu'elle devait penser : « Elle est blanche, elle connaît les coutumes des Blancs. Pour une fois, je pourrais me fier à elle. Mais il ne faut surtout pas qu'elle soit au courant. »

Elle prit un air froid et dit :

— Il est trop jeune pour moi.

— Il a deux ans de moins que vous. Aux yeux de la tradition nippone, c'est l'écart parfait pour que vous soyez une anesan niôbô, une « épouse-grande-sœur ». Les Japonais pensent qu'il s'agit du meilleur mariage : la femme a juste un peu plus d'expérience que l'homme. Ainsi, elle le met à l'aise

Je sais, je sais

– En ce cas, que lui reprochez-vous ?

Elle se tut. Il était clair qu'elle se rapprochait de l'état second.

Quelques jours plus tard, on annonça la venue de Piet Kramer. Un émoi terrible s'empara de la jeune femme.

Par malheur, il faisait très chaud. Le Hollandais avait tombé la veste et sa chemise arborait aux aisselles de vastes auréoles de sueur. Je vis Fubuki changer de figure. Elle s'efforça de parler normalement, comme si elle ne s'était aperçue de rien. Ses paroles sonnaient d'autant plus faux que, pour parvenir à extraire les sons de sa gorge, elle devait à chaque mot projeter la tête vers l'avant. Elle que j'avais toujours connue si belle et si calme avait à présent la contenance d'une pintade sur la défensive.

Tout en se livrant à ce comportement pitoyable, elle regardait ses collègues à la dérobée. Son dernier espoir était qu'ils n'aient rien vu : hélas, comment voir si quelqu'un a vu ? A fortiori, comment voir si un Japonais a vu ? Les visages des cadres de Yumimoto exprimaient la bienveillance impassible typique des rencontres entre deux entreprises amies.

Le plus drôle, c'était que Piet Kramer n'avait rien remarqué du scandale dont il était l'objet ni de la crise intérieure qui suffoquait la si gentille mademoiselle Mori. Les narines de cette dernière palpitaient : il n'était pas difficile d'en deviner la raison. Il s'agissait de discerner si l'opprobre axillaire du Hollandais communiait sous les deux espèces.

Ce fut là que notre sympathique Batave, sans le savoir, compromit sa contribution à l'essor de la race eurasienne : avisant un dirigeable dans le ciel, il courut jusqu'à la baie vitrée. Ce déplacement rapide développa dans l'air ambiant un feu d'artifice de particules olfactives, que le vent de la course dispersa à travers la pièce. Il n'y eut plus aucun doute : la transpiration de Piet Kramer puait.

Et personne, dans le bureau géant, n'eût pu l'ignorer. Quant à l'enthousiasme enfantin du garçon devant le dirigeable publicitaire qui survolait régulièrement la ville, personne ne sembla s'en attendrir.

Quand l'odorant étranger s'en alla, ma supérieure était exsangue. Son sort devait pourtant empirer. Le chef de la section, monsieur Saito, donna le premier coup de bec :

— Je n'aurais pas pu tenir une minute de plus !

Il avait ainsi autorisé à médire. Les autres en profitèrent aussitôt :

— Ces Blancs se rendent-ils compte qu'ils sentent le cadavre ?

— Si seulement nous parvenions à leur faire comprendre qu'ils puent, nous aurions en Occident un marché fabuleux pour des déodorants enfin efficaces !

— Nous pourrions peut-être les aider à sentir moins mauvais, mais nous ne pourrions pas les empêcher de suer. C'est leur race.

— Chez eux, même les belles femmes transpirent.

Ils étaient fous de joie. L'idée que leurs paroles eussent pu m'indisposer n'avait effleuré personne. J'en fus d'abord flattée : peut-être ne me considéraient-ils pas comme une Blanche. La lucidité me revint très vite : s'ils tenaient ces propos en ma présence, c'était simplement parce que je ne comptais pas.

Aucun d'entre eux ne se doutait de ce que cet épisode signifiait pour ma supérieure : si personne n'avait relevé le scandale axillaire du Hollandais, elle eût pu encore s'illusionner et fermer les yeux sur cette tare congénitale de l'éventuel fiancé.

Désormais, elle savait que rien ne serait possible avec Piet Kramer : avoir la moindre liaison avec lui serait plus grave que perdre sa réputation, ce serait perdre la face. Elle pouvait s'estimer heureuse qu'à part moi, qui étais hors jeu, personne n'ait été au courant des vues qu'elle avait eues sur ce célibataire.

Tête haute et mâchoires serrées, elle se remit au travail. A la raideur extrême de ses traits, je pus mesurer combien elle avait placé d'espoirs en cet homme : et j'y avais été pour quelque chose. Je l'avais encouragée. Sans moi, eût-elle songé sérieusement à lui ?

Ainsi, si elle souffrait, c'était en grande partie à cause de moi. Je me dis que j'aurais dû y éprouver du plaisir. Je n'en ressentais aucun.

J'avais quitté mes fonctions de comptable depuis un peu plus de deux semaines quand le drame éclata.

Au sein de la compagnie Yumimoto, il semblait que l'on m'avait oubliée. C'était ce qui pouvait m'arriver de mieux. Je commençais à me réjouir. Du fond de mon inimaginable absence d'ambition, je n'entrevoyais pas plus heureux destin que de rester assise à mon bureau en contemplant les saisons sur le visage de ma supérieure. Servir le thé et le café, me jeter régulièrement par la fenêtre et ne pas utiliser ma calculette étaient des activités qui comblaient mon besoin plus que frêle de trouver une place dans la société.

Cette sublime jachère de ma personne eût peut-être duré jusqu'à la fin des temps si je n'avais commis ce qu'il convient d'appeler une gaffe.

Après tout, je méritais ma situation. Je m'étais donné du mal pour prouver à mes supérieurs que ma bonne volonté ne m'empêchait pas d'être un désastre. A présent, ils avaient compris. Leur politique tacite devait être quelque chose comme : « Qu'elle ne tou-

jachère = fallow

che plus à rien, celle-là ! » Et je me montrais à la hauteur de cette nouvelle mission.

Un beau jour, nous entendîmes au loin le tonnerre dans la montagne : c'était monsieur Omochi qui hurlait. Le grondement se rapprocha. Déjà nous nous observions avec appréhension.

La porte de la section comptabilité céda comme un barrage vétuste sous la pression de la masse de chair du vice-président qui déboula parmi nous. Il s'arrêta au milieu de la pièce et cria, d'une voix d'ogre réclamant son déjeuner :

– Fubuki-san !

Et nous sûmes qui serait immolé en sacrifice à l'appétit d'idole carthaginoise de l'obèse. Aux quelques secondes du soulagement éprouvé par ceux qui étaient provisoirement épargnés succéda un frisson collectif de sincère empathie.

Aussitôt ma supérieure s'était levée et raidie. Elle regardait droit devant elle, dans ma direction donc, sans me voir cependant. Superbe de terreur contenue, elle attendait son sort.

Un instant, je crus qu'Omochi allait sortir un sabre caché entre deux bourrelets et lui trancher la tête. Si cette dernière tombait vers moi, je l'attraperais et la chérirais jusqu'à la fin de mes jours.

« Mais non, me raisonnai-je, ce sont des méthodes d'un autre âge. Il va procéder comme d'habitude : la convoquer dans son bureau et lui passer le savon du siècle. »

Il fit bien pire. Etait-il d'humeur plus sadique que de coutume ? Ou était-ce parce que sa victime était une femme, a fortiori une très belle jeune femme ? Ce ne fut pas dans son bureau qu'il lui passa le savon du millénaire : ce fut sur place, devant la quarantaine de membres de la section comptabilité.

On ne pouvait imaginer sort plus humiliant pour n'importe quel être humain, à plus forte raison pour n'importe quel Nippon, à plus forte raison pour l'orgueilleuse et sublime mademoiselle Mori, que cette destitution publique. Le monstre voulait qu'elle perdît la face, c'était clair.

Il se rapprocha lentement d'elle, comme pour savourer à l'avance l'emprise de son pouvoir destructeur. Fubuki ne remuait pas un cil. Elle était plus splendide que jamais. Puis les lèvres empâtées commencèrent à trembler et il en sortit une salve de hurlements qui ne connut pas de fin.

Les Tokyoïtes ont tendance à parler à une vitesse supersonique, surtout quand ils engueulent. Non content d'être originaire de la capitale, le vice-président était un obèse colérique, ce qui encombrait sa voix de scories de fureur grasse : la conséquence de ces multiples facteurs fut que je ne compris presque rien de l'interminable agression verbale dont il martela ma supérieure.

En l'occurrence, même si la langue japonaise m'avait été étrangère, j'aurais saisi ce qui se passait : on était en train d'infliger à un être humain un sort indigne, et ce à trois mètres de moi. C'était un spectacle abominable. J'aurais payé cher pour qu'il cessât, mais il ne cessait pas : le grondement qui sortait du ventre du tortionnaire semblait intarissable.

Quel crime avait pu commettre Fubuki pour mériter pareil châtiment ? Je ne le sus jamais. Mais enfin, je connaissais ma collègue : ses compétences, son ardeur au travail et sa conscience professionnelle étaient exceptionnelles. Quels qu'aient pu être ses torts, ils

frapper = strike

étaient forcément véniels. Et même s'ils ne l'étaient pas, la moindre des choses eût été de tenir compte de la valeur insigne de cette femme de premier ordre.

Sans doute étais-je naïve de me demander en quoi avait consisté la faute de ma supérieure. Le cas le plus probable était qu'elle n'avait rien à se reprocher. Monsieur Omochi était le chef : il avait bien le droit, s'il le désirait, de trouver un prétexte anodin pour venir passer ses appétits sadiques sur cette fille aux allures de mannequin. Il n'avait pas à se justifier.

Je fus soudain frappée par l'idée que j'assistais à un épisode de la vie sexuelle du vice-président, qui méritait décidément son titre : avec un physique de son ampleur, était-il encore capable de coucher avec une femme ? En compensation, son volume le rendait d'autant plus apte à gueuler, à faire trembler de ses cris la frêle silhouette de cette beauté. En vérité, il était en train de violer mademoiselle Mori, et s'il se livrait à ses plus bas instincts en présence de quarante personnes, c'était pour ajouter à sa jouissance la volupté de l'exhibitionnisme.

Cette explication était tellement juste que je vis ployer le corps de ma supérieure. Elle était pourtant une dure, un monument de fierté : si son physique cédait, c'était la preuve qu'elle subissait un assaut d'ordre sexuel. Ses jambes l'abandonnèrent comme celles d'une amante éreintée : elle tomba assise sur sa chaise.

Si j'avais dû être l'interprète simultanée du discours de monsieur Omochi, voici ce que j'aurais traduit :

– Oui, je pèse cent cinquante kilos et toi cinquante, à nous deux nous pesons deux quintaux et ça m'excite. Ma graisse me gêne dans mes mouvements, j'aurais du mal à te faire jouir, mais grâce à ma masse je peux te renverser, t'écraser, et j'adore ça, surtout avec ces crétins qui nous regardent. J'adore que tu souffres dans ton orgueil, j'adore que tu n'aies pas le droit de te défendre, j'adore ce genre de viol !

Je ne devais pas être la seule à avoir compris la nature de ce qui se passait : autour de moi, les collègues étaient en proie à un malaise profond. Autant que possible, ils détournaient les yeux et cachaient leur honte derrière leurs dossiers ou l'écran de leur ordinateur.

Stupeur et tremblements

A présent, Fubuki était pliée en deux. Ses maigres coudes étaient posés sur son bureau, ses poings serrés retenaient son front. La mitraillette verbale du vice-président secouait son dos fragile à intervalles réguliers.

Par bonheur, je ne fus pas assez stupide pour me laisser aller à ce qui, en pareille circonstance, eût été de l'ordre du réflexe : intervenir. Nul doute que cela eût aggravé le sort de l'immolée, sans parler du mien. Cependant, il me serait impossible de prétendre être fière de ma sage abstention. L'honneur consiste le plus souvent à être idiot. Et ne vaut-il pas mieux se conduire comme une imbécile que se déshonorer ? Encore aujourd'hui, je rougis d'avoir préféré l'intelligence à la décence. Quelqu'un eût dû s'interposer, et puisqu'il n'y avait aucune chance pour qu'un autre s'y risquât, c'est moi qui eusse dû me sacrifier.

Certes, ma supérieure ne me l'eût jamais pardonné, mais elle aurait eu tort : le pire n'était-il pas de nous conduire comme nous le faisions, d'assister sans broncher à ce spectacle dégradant – le pire ne résidait-il pas dans notre soumission absolue à l'autorité ?

sans broncher = without turning a hair

J'aurais dû chronométrer l'engueulade. Le tortionnaire avait du coffre. J'avais même l'impression qu'avec la durée, ses cris gagnaient en intensité. Ce qui prouvait, s'il en était encore besoin, la nature hormonale de la scène : semblable au jouisseur qui voit ses forces ressourcées ou décuplées par le spectacle de sa propre rage sexuelle, le vice-président devenait de plus en plus brutal, ses hurlements dégageaient de plus en plus d'énergie dont l'impact physique terrassait de plus en plus la malheureuse.

Vers la fin, il y eut un moment particulièrement désarmant : comme c'est sans doute le cas quand on subit un viol, il se révéla que Fubuki avait régressé. Fus-je la seule à entendre s'élever une frêle voix, une voix de fillette de huit ans, qui gémit par deux fois :

– Okoruna. Okoruna.

Ce qui signifie, dans le registre du langage fautif le plus enfantin, le plus familier, celui qu'emploierait une petite fille pour protester contre son père, c'est-à-dire celui auquel ne recourait jamais mademoiselle Mori pour s'adresser à son supérieur :

— Ne te fâche pas. Ne te fâche pas.

Supplication aussi dérisoire que si une gazelle déjà taillée en morceaux et à demi dévorée demandait au fauve de l'épargner. Mais surtout manquement ahurissant au dogme de la soumission, de l'interdiction de se défendre contre ce qui vient d'en haut. Monsieur Omochi sembla un rien décontenancé par cette voix inconnue, ce qui ne l'empêcha pas de crier de plus belle, au contraire : peut-être même y avait-il dans cette attitude enfantine de quoi le satisfaire davantage.

Une éternité plus tard, soit que le monstre fût lassé du jouet, soit que ce tonifiant exercice lui eût donné faim pour un double sandwich futon-mayonnaise, il s'en alla.

Silence de mort dans la section comptabilité. A part moi, personne n'osait regarder la victime. Celle-ci resta prostrée quelques minutes. Quand elle eut la force de se lever, elle fila sans prononcer un mot.

Je n'eus aucune hésitation quant à l'endroit où elle avait couru : où vont les femmes violées ? Là où de l'eau coule, là où l'on peut vomir, là où il y a le moins de monde possible

Dans les bureaux de Yumimoto, l'endroit qui répondait le mieux à ces exigences était les toilettes.

Ce fut là que je commis ma gaffe.

Mon sang ne fit qu'un tour : il fallait que j'aille la réconforter. J'eus beau tenter de me raisonner en pensant aux humiliations qu'elle m'avait infligées, aux insultes qu'elle m'avait jetées en pleine figure, ma ridicule compassion eut le dessus. Ridicule, je maintiens : tant qu'à agir en dépit du bon sens, j'aurais été cent fois mieux inspirée de m'interposer entre Omochi et ma supérieure. Au moins, c'eût été courageux. Alors que mon attitude finale fut simplement gentille et bête.

Je courus aux toilettes. Elle était en train de pleurer devant un lavabo. Je pense qu'elle ne me vit pas entrer. Malheureusement, elle m'entendit lui dire :

– Fubuki, je suis désolée ! Je suis de tout cœur avec vous. Je suis avec vous.

Déjà je m'approchais d'elle, lui tendant un bras vibrant de réconfort – quand je vis se tourner vers moi son regard éberlué de colère.

déquerpir = clear off

Sa voix, méconnaissable de fureur pathologi-
que, me rugit :

— Comment osez-vous ? Comment osez-
vous ?

Je ne devais pas être dans un jour d'intelligence car j'entrepris de lui expliquer :

— Je ne voulais pas vous importuner. Je voulais seulement vous dire mon amitié...

Au paroxysme de la haine, elle rejeta mon
bras comme un tourniquet et cria :

— Voulez-vous vous taire ? Voulez-vous partir ?

Manifestement, je ne le voulais pas, car je
restais plantée là, interdite.

Elle marcha vers moi, avec Hiroshima dans
l'œil droit et Nagasaki dans l'œil gauche. J'ai
une certitude : c'est que si elle avait eu le droit
de me tuer, elle n'eût pas hésité.

Je compris enfin ce que je devais faire : je
déguerpis.

De retour à mon bureau, je passai le reste
de la journée à simuler une activité minimale

tout en analysant mon imbécillité, vaste sujet de méditation s'il en fut.

Fubuki avait été humiliée de fond en comble sous les yeux de ses collègues. La seule chose qu'elle avait pu nous cacher, le dernier bastion de son honneur qu'elle avait pu préserver, c'étaient ses larmes. Elle avait eu la force de ne pas pleurer devant nous.

Et moi, futée, j'étais allée la regarder sangloter dans sa retraite. C'était comme si j'avais cherché à consommer sa honte jusqu'à la lie. Jamais elle n'eût pu concevoir, croire, admettre que mon comportement relevât de la bonté, même de la sotte bonté.

Une heure plus tard, la victime vint se rasseoir à son bureau. Personne n'eut un regard pour elle. Elle eut un regard pour moi : ses yeux séchés me vrillèrent de haine. Il y était écrit : « Toi, tu ne perds rien pour attendre. »

Puis elle reprit son travail comme si de rien n'était, me laissant le loisir d'interpréter la sentence.

Il était clair que, selon elle, mon attitude avait été de pures représailles. Elle savait qu'elle m'avait maltraitée par le passé. Pour elle, nul doute que mon seul but avait été la vengeance. C'était pour lui rendre la monnaie de sa pièce que j'étais allée contempler ses larmes dans les toilettes.

J'aurais tellement voulu la détromper, lui dire : « D'accord, c'était stupide et maladroit, mais je vous conjure de me croire : je n'ai pas eu d'autre motivation que la bonne, brave et bête humanité. Il y a quelque temps, je vous en ai voulu, c'est exact, et cependant, quand je vous ai vue si bassement humiliée, il n'y a plus eu place en moi que pour la compassion primitive. Et fine comme vous l'êtes, pouvez-vous douter qu'il y ait, dans cette entreprise, non, sur cette planète, quelqu'un qui vous estime, vous admire et subisse votre empire à un degré comparable au mien ? »

Je ne saurai jamais comment elle eût réagi si je lui avais déclaré cela.

Le lendemain, Fubuki m'accueillit avec, cette fois, un visage d'une sérénité olympienne. « Elle s'est remise, elle va mieux », pensai-je.

Elle m'annonça d'une voix posée :

– J'ai une nouvelle affectation pour vous. Suivez-moi.

Je la suivis hors de la salle. Déjà, je n'étais pas rassurée : ma nouvelle affectation ne se passait donc pas au sein de la section comptabilité ? Qu'est-ce que cela pouvait être ? Et où me conduisait-elle ?

Mon appréhension se précisa quand je constatai que nous prenions la direction des toilettes. Mais non, pensai-je. Nous allions certainement tourner à droite ou à gauche à la dernière seconde pour nous rendre dans un autre bureau.

Nous ne virâmes ni à bâbord ni à tribord. Elle m'entraîna bel et bien aux toilettes.

« Sans doute m'a-t-elle emmenée en ce lieu isolé pour que nous nous expliquions au sujet d'hier », me dis-je.

Non pas. Elle déclara, impassible :

– Voici votre nouveau poste.

Le visage assuré, elle me montra, très professionnelle, les gestes qui seraient désormais les miens. Il s'agissait de remplacer le rouleau de « tissu sec et propre » quand celui-ci aurait entièrement servi à essuyer des mains ; il s'agissait aussi de renouveler les fournitures de papier-toilette au sein des cabinets – à cet effet, elle me confia les précieuses clefs d'un débarras où ces merveilles étaient entreposées à l'abri des convoitises dont, sans nul doute, elles eussent été l'objet de la part des cadres de la compagnie Yumimoto.

Le clou fut atteint quand la belle creature empoigna délicatement la brosse à chiottes pour m'expliquer, avec beaucoup de sérieux, quel en était le mode d'emploi – supposait-elle que je l'ignorais ? Déjà, je n'aurais jamais pu imaginer qu'il me serait donné de voir cette déesse tenir un tel instrument. A plus forte raison pour le désigner comme mon nouveau sceptre.

Au dernier degré de l'ahurissement, je posai une question :

– A qui est-ce que je succède ?

– A personne. Les femmes d'ouvrage effectuent ces tâches le soir

– Et elles ont démissionné ?

– Non. Seulement, vous avez dû vous apercevoir que leur service nocturne ne suffit pas. Il n'est pas rare qu'en cours de journée nous n'ayons plus de tissu sec à dérouler, ou que nous trouvions un cabinet sans papier-toilette, ou encore qu'une cuvette reste souillée jusqu'au soir. C'est gênant, surtout quand nous recevons des cadres extérieurs à Yumimoto.

L'espace d'un instant, je me demandai en quoi il était plus gênant, pour un cadre, de voir une cuvette souillée par un membre extérieur à sa compagnie que par un collègue. Je n'eus pas le temps de trouver la réponse à cette question d'étiquette car Fubuki conclut, avec un doux sourire :

— Désormais, grâce à vous, nous ne souffrirons plus de ces inconvénients.

Et elle partit. Je me retrouvai seule dans le lieu de ma promotion. Eberluée, je restai immobile, les bras ballants. Ce fut alors que la porte se rouvrit sur Fubuki. Comme au théâtre, elle était revenue pour me dire le plus beau :

— J'oubliais : il va de soi que votre service s'étend aussi aux toilettes des messieurs.

Récapitulons. Petite, je voulais devenir Dieu. Très vite, je compris que c'était trop demander et je mis un peu d'eau bénite dans mon vin de messe : je serais Jésus. J'eus rapidement conscience de mon excès d'ambition et acceptai de « faire » martyre quand je serais grande.

Adulte, je me résolus à être moins mégalomane et à travailler comme interprète dans une société japonaise. Hélas, c'était trop bien pour moi et je dus descendre un échelon pour devenir comptable. Mais il n'y avait pas de frein à ma foudroyante chute sociale. Je fus donc mutée au poste de rien du tout. Malheureusement – j'aurais dû m'en douter –, rien du tout, c'était encore trop bien pour moi. Et ce fut alors que je reçus mon affectation ultime : nettoyeuse de chiottes.

Il est permis de s'extasier sur ce parcours inexorable de la divinité jusqu'aux cabinets. On dit d'une cantatrice qui peut passer du soprano au contralto qu'elle possède une vaste tessiture : je me permets de souligner l'extraordinaire tessiture de mes talents, capables de chanter sur tous les registres, tant celui de Dieu que de madame Pipi.

La stupéfaction passée, la première chose

123

que je ressentis fut un soulagement étrange. L'avantage, quand on récure des cuvettes souillées, c'est que l'on ne doit plus craindre de tomber plus bas.

Ce qui s'était déroulé dans la tête de Fubuki pouvait sans doute se résumer ainsi : « Tu me poursuis aux toilettes ? Très bien. Tu y resteras. »

J'y restai.

J'imagine que n'importe qui, à ma place, eût démissionné. N'importe qui, sauf un Nippon. Me donner ce poste, de la part de ma supérieure, était une façon de me forcer à rendre mon tablier. Or, démissionner, c'était perdre la face. Nettoyer des chiottes, aux yeux d'un Japonais, ce n'était pas honorable, mais ce n'était pas perdre la face.

De deux maux, il faut choisir le moindre. J'avais signé un contrat d'un an. Il expirerait le 7 janvier 1991. Nous étions en juin. Je tiendrais le coup. Je me conduirais comme une Nippone l'eût fait.

En cela, je n'échappais pas à la règle : tout

étranger désirant s'intégrer au Japon met son point d'honneur à respecter les usages de l'Empire. Il est remarquable que l'inverse soit absolument faux : les Nippons qui s'offusquent des manquements d'autrui à leur code ne se scandalisent jamais de leurs propres dérogations aux convenances autres.

J'étais consciente de cette injustice et pourtant je m'y soumettais à fond. Les attitudes les plus incompréhensibles d'une vie sont souvent dues à la persistance d'un éblouissement de jeunesse : enfant, la beauté de mon univers japonais m'avait tant frappée que je fonctionnais encore sur ce réservoir affectif. J'avais à présent sous les yeux l'horreur méprisante d'un système qui niait ce que j'avais aimé et cependant je restais fidèle à ces valeurs auxquelles je ne croyais plus.

Je ne perdis pas la face. Pendant sept mois, je fus postée aux toilettes de la compagnie Yumimoto.

Commença donc une vie nouvelle. Si bizarre que cela puisse paraître, je n'eus pas l'impression de toucher le fond. Ce métier, à tout prendre, était bien moins atroce que celui de comptable – je parle ici de mon poste de vérification des frais de voyages d'affaires. Entre extraire de ma calculette, à longueur de journée, des nombres de plus en plus schizophrènes, et extraire des rouleaux de papier-toilette du débarras, je n'hésite pas.

Dans ce qui serait désormais mon poste, je ne me sentais pas dépassée par les événements. Mon cerveau handicapé comprenait la nature des problèmes qui lui étaient posés. Il n'était plus question de retrouver le cours du mark du 19 mars pour convertir en yens la facture de la chambre d'hôtel, puis de comparer mes résultats avec ceux du monsieur et de me demander pourquoi il obtenait 23 254 et moi 499 212. Il fallait convertir de la saleté en propreté et de l'absence de papier en présence de papier.

L'hygiène sanitaire ne va pas sans une hygiène mentale. A ceux qui ne manqueront pas de trouver indigne ma soumission à une décision abjecte, je me dois de dire ceci :

jamais, à aucun instant de ces sept mois, je n'ai eu le sentiment d'être humiliée.

Dès le moment où je reçus l'incroyable affectation, j'entrai dans une dimension autre de l'existence : l'univers de la dérision pure et simple. J'imagine que j'y avais basculé par activité réflexe : pour supporter les sept mois que j'allais passer là, je devais changer de références, je devais inverser ce qui jusque-là m'avait tenu lieu de repères.

Et par un processus salvateur de mes facultés immunitaires, ce retournement intérieur fut immédiat. Aussitôt, dans ma tête, le sale devint le propre, la honte devint la gloire, le tortionnaire devint la victime et le sordide devint le comique.

J'insiste sur ce dernier mot : je vécus en ces lieux (c'est le cas de le dire) la période la plus drôle de mon existence qui pourtant en avait connu d'autres. Le matin, quand le métro me conduisait à l'immeuble Yumimoto, j'avais déjà envie de rire à l'idée de ce qui m'attendait. Et lorsque je siégeais en mon ministère, je devais lutter contre de furieux accès de fou rire.

Dans la compagnie, pour une centaine

d'hommes, il devait y avoir cinq femmes, au nombre desquelles Fubuki était la seule à avoir accédé au statut de cadre. Restaient donc trois employées qui, elles, travaillaient à d'autres étages : or, je n'étais accréditée qu'aux toilettes du quarante-quatrième niveau. Par conséquent, les commodités pour dames du quarante-quatrième étaient pour ainsi dire le domaine réservé de ma supérieure et moi.

Entre parenthèses, ma limitation géographique au quarante-quatrième prouvait, si besoin était, l'inanité absolue de ma nomination. Si ce que les militaires appellent élégamment « les traces de freinage » représentaient une telle gêne pour les visiteurs, je ne vois pas en quoi elles étaient moins incommodantes au quarante-troisième ou quarante-cinquième étage.

Je ne fis pas valoir cet argument. Si je m'y étais laissée aller, nul doute que l'on m'eût dit : « Très juste. Désormais, les lieux des autres étages relèveront aussi de votre juridiction. » Mes ambitions se satisfirent du quarante-quatrième.

Mon retournement des valeurs n'était pas pur fantasme. Fubuki fut bel et bien humiliée par ce qu'elle interpréta sans doute comme une manifestation de ma force d'inertie. Il était clair qu'elle avait tablé sur ma démission. En restant, je lui jouais un bon tour. Le déshonneur lui revenait en pleine figure.

Certes, cette défaite ne fut jamais consommée par des mots. J'en eus cependant des preuves.

Ainsi, il me fut donné de croiser, aux toilettes masculines, monsieur Haneda en personne. Cette rencontre nous fit à tous les deux une grande impression : à moi, parce qu'il était difficile d'imaginer Dieu en cet endroit ; et à lui, sans doute parce qu'il n'était pas au courant de ma promotion.

L'espace d'un instant, il sourit, croyant que, dans ma gaucherie légendaire, je m'étais trompée de commodités. Il cessa de sourire quand il me vit retirer le rouleau de tissu qui n'était plus ni sec ni propre et le remplacer par un nouveau. Dès lors, il comprit et n'osa plus me regarder. Il avait l'air très gêné.

Je ne m'attendis pas à ce que cet épisode changeât mon sort. Monsieur Haneda était un trop bon président pour remettre en cause les ordres de l'un de ses subordonnés, a fortiori s'ils émanaient du seul cadre de sexe féminin de son entreprise. J'eus pourtant des raisons de penser que Fubuki eut à s'expliquer auprès de lui quant à mon affectation.

En effet, le lendemain, aux toilettes des dames, elle me dit d'une voix posée :

— Si vous avez des motifs de vous plaindre, c'est à moi que vous devez les adresser.

— Je ne me suis plainte à personne.

— Vous voyez très bien ce que je veux dire.

Je ne le voyais pas si bien que cela. Qu'eussé-je dû faire pour ne pas avoir l'air de me plaindre ? M'enfuir aussitôt des toilettes masculines pour laisser croire que je m'étais bel et bien trompée de commodités ?

Toujours est-il que j'adorai la phrase de ma supérieure : « Si vous avez des motifs de vous plaindre... » Ce que j'aimais le plus dans cet énoncé, c'était le « si » : il était envisageable que je n'aie pas de motif de plainte.

La hiérarchie autorisait deux autres personnes à me tirer de là : monsieur Omochi et monsieur Saito.

Il allait de soi que le vice-président ne s'inquiétait pas de mon sort. Il fut au contraire le plus enthousiaste quant à ma nomination. Lorsqu'il me croisait aux chiottes, il me lançait, jovial :

– C'est bien, hein, d'avoir un poste ?

Il le disait sans aucune ironie. Sans doute pensait-il que j'allais trouver en cette tâche le nécessaire épanouissement dont seul le travail pouvait être à l'origine. Qu'un être aussi inapte que moi ait enfin une place dans la société constituait à ses yeux un événement positif. Par ailleurs, il devait être soulagé de ne plus me payer à ne rien faire.

Si quelqu'un lui avait signifié que cette affectation m'humiliait, il se serait exclamé :

– Et puis quoi encore ? C'est en dessous de sa dignité ? Elle peut déjà s'estimer heureuse de travailler pour nous.

Le cas de monsieur Saito était très différent. Il semblait profondément ennuyé de cette histoire. J'avais pu m'apercevoir qu'il crevait de peur devant Fubuki : elle dégageait quarante fois plus de force et d'autorité que lui. Pour rien au monde il n'eût osé intervenir.

Quand il me croisait aux toilettes, un rictus nerveux s'emparait de sa figure malingre. Ma supérieure avait eu raison lorsqu'elle m'avait parlé de l'humanité de monsieur Saito. Il était bon mais pusillanime.

Le cas le plus gênant fut ma rencontre en ces lieux avec l'excellent monsieur Tenshi. Il entra et me vit : il changea de figure. La première surprise passée, il devint orange. Il murmura :

– Amélie-san...

Il s'arrêta là, comprenant qu'il n'y avait rien à dire. Il eut alors une attitude étonnante : il sortit aussitôt, sans avoir effectué aucune des fonctions prévues pour cet endroit.

Je ne sus pas si son besoin avait disparu ou s'il était allé aux toilettes d'un autre étage. Il m'apparut qu'une fois encore monsieur Tenshi avait trouvé la solution la plus noble : sa manière à lui de manifester sa désapprobation quant à mon sort était de boycotter les commodités du quarante-quatrième étage. Car je ne l'y revis plus jamais – et si angélique fût-il, il ne devait pas être un pur esprit.

Je compris très vite qu'il avait prêché la bonne parole autour de lui ; bientôt, aucun membre de la section produits laitiers ne fréquenta plus mon antre. Et peu à peu je constatai une désaffection croissante des toilettes masculines, même de la part des autres secteurs.

Je bénis monsieur Tenshi. De plus, ce boycott constituait une véritable vengeance vis-à-vis de Yumimoto : les employés qui choisissaient d'aller plutôt au quarante-troisième étage perdaient, à attendre l'ascenseur, un temps qu'ils eussent pu mettre au service de la compagnie. Au Japon, cela s'appelle du sabotage : l'un des plus graves crimes nippons, si odieux qu'on utilise le mot français, car il faut être étranger pour imaginer pareille bassesse.

Cette solidarité émut mon cœur et enchanta ma passion philologique : si l'origine du mot « boycott » est un propriétaire irlandais du nom de Boycott, on peut néanmoins supposer que l'étymologie de son patronyme comporte une allusion à un garçon. Et de fait, le blocus de mon ministère fut exclusivement masculin.

Il n'y eut pas de girlcott. A l'opposé, Fubuki semblait plus enragée que jamais de se rendre aux commodités. Elle entreprit même d'aller s'y brosser les dents deux fois par jour : on n'imagine pas les conséquences bénéfiques de sa haine sur son hygiène bucco-dentaire. Elle m'en voulait tant de ne pas avoir démissionné que tous les prétextes lui étaient bons pour venir me narguer.

Ce comportement m'amusait. Fubuki croyait me déranger alors qu'au contraire j'étais ravie d'avoir de si nombreuses occasions d'admirer sa beauté orageuse en ce gynécée qui nous était particulier. Aucun boudoir ne fut aussi intime que les toilettes pour dames du quarante-quatrième étage : quand la porte s'ouvrait, je savais pertinemment qu'il s'agissait de ma supérieure, puisque les trois autres femmes travaillaient au quarante-troisième. C'était donc un lieu clos, racinien, où deux tragédiennes se retrouvaient plusieurs fois par jour pour écrire le nouvel épisode d'une rixe enragée de passion.

Peu à peu, la désaffection des toilettes pour messieurs du quarante-quatrième devint un peu trop flagrante. Je n'y voyais plus guère que deux ou trois ahuris ou encore le vice-président. J'imagine que c'est ce dernier qui s'en offusqua et avertit les autorités.

Ce dut être un réel problème tactique pour eux : si dirigistes fussent-ils, les puissants de la compagnie ne pouvaient quand même pas ordonner à des cadres d'aller effectuer leurs besoins à leur étage et non à celui du dessous. Par ailleurs, ils ne pouvaient tolérer cet acte de sabotage. Par conséquent, il fallait réagir. Comment ?

Bien entendu, la responsabilité de cette infamie retomba sur moi. Fubuki entra dans le gynécée et me dit d'un air terrible :

— Cela ne peut pas continuer. Une fois de plus, vous incommodez votre entourage.

— Qu'ai-je encore fait ?

— Vous le savez bien.

— Je vous jure que non.

— Vous n'avez pas remarqué que les messieurs n'osent plus fréquenter les toilettes du quarante-quatrième étage ? Ils perdent du temps à aller à celles des autres degrés. Votre présence les gêne.

— Je comprends. Mais ce n'est pas moi qui ai choisi d'être là. Vous ne l'ignorez pas.

— Insolente ! Si vous étiez capable de vous conduire avec dignité, ces choses-là ne se produiraient pas.

Je fronçai les sourcils :

— Je ne vois pas ce que ma dignité vient faire là-dedans.

— Si vous regardez les hommes qui vont au lavabo de la même façon que vous me regardez moi, leur attitude est facile à expliquer.

J'éclatai de rire :

— Rassurez-vous, je ne les regarde pas du tout.

— Pourquoi sont-ils incommodés, en ce cas ?

— C'est normal. La simple présence d'un être du sexe opposé a de quoi les intimider.

— Et pourquoi n'en tirez-vous pas les leçons qui s'imposent ?

— Quelles leçons voulez-vous que j'en tire ?

— De ne plus y être présente !

Mon visage s'éclaira :

— Je suis relevée de mes fonctions aux toilettes pour messieurs ? Oh, merci !

— Je n'ai pas dit ça !

— Alors je ne comprends pas.

— Eh bien, dès qu'un homme entre, vous

sortez. Et vous attendez qu'il soit parti pour revenir.

— D'accord. Mais quand je suis dans les toilettes pour dames, je ne peux pas savoir s'il y a quelqu'un chez les messieurs. A moins que. .

— Quoi ?

Je pris mon expression la plus stupide et béate.

— J'ai une idée ! Il suffit d'installer une caméra dans les commodités masculines, avec écran de surveillance chez les dames. Comme ça, je saurai toujours quand je pourrai y aller !

Fubuki me regarda avec consternation.

— Une caméra dans les toilettes des hommes ? Vous arrive-t-il de réfléchir avant de parler ?

— Du moment que les messieurs ne le savent pas ! continuai-je ingénument.

— Taisez-vous ! Vous êtes une imbécile !

— C'est à espérer. Imaginez que vous ayez donné ce poste à quelqu'un d'intelligent !

— De quel droit me répondez-vous ?

— Qu'est-ce que je risque ? Il vous est impossible de m'affecter à un emploi inférieur.

Là, j'étais allée trop loin. Je crus que ma

supérieure avait un infarctus. Elle me poignarda du regard.

– Attention ! Vous ne savez pas ce qui pourrait vous arriver.

– Dites-le-moi.

– Méfiez-vous. Et arrangez-vous pour déserter les toilettes masculines quand il y viendra quelqu'un.

Elle sortit. Je me demandai si sa menace était réelle ou si elle bluffait.

J'obéis donc à la nouvelle consigne, soulagée de fréquenter moins un lieu où, en deux mois, j'avais eu l'accablant privilège de découvrir que le mâle nippon n'était pas distingué du tout. Autant la Japonaise vivait dans la terreur du moindre bruit produit par sa personne, autant le Japonais s'en préoccupait peu.

Même en y étant moins souvent, je constatai pourtant que les cadres de la section produits laitiers n'avaient pas repris leurs habitudes au quarante-quatrième étage : sous l'impulsion de leur chef, leur boycott se poursuivait. Grâce éternelle en soit rendue à monsieur Tenshi.

En vérité, depuis ma nomination, aller aux toilettes de l'entreprise était devenu un acte politique.

L'homme qui fréquentait encore les toilettes du quarante-quatrième signifiait : « Ma soumission à l'autorité est absolue et cela m'est égal qu'on humilie les étrangers. D'ailleurs, ces derniers n'ont pas leur place chez Yumimoto. »

Celui qui refusait d'y aller exprimait cette opinion : « Respecter mes supérieurs ne m'empêche pas de conserver mon esprit critique vis-à-vis de certaines de leurs décisions. D'autre part, je pense que Yumimoto aurait avantage à employer des étrangers dans quelques postes à responsabilité où ils pourraient nous être utiles. »

Jamais lieux d'aisances ne furent le théâtre d'un débat idéologique à l'enjeu aussi essentiel.

Toute existence connaît son jour de traumatisme primal, qui divise cette vie en un avant et un après et dont le souvenir même furtif suffit à figer dans une terreur irrationnelle, animale et inguérissable.

Les toilettes pour dames de la compagnie étaient merveilleuses car elles étaient éclairées d'une baie vitrée. Cette dernière avait pris dans mon univers une place colossale : je passais des heures debout, le front collé au verre, à jouer à me jeter dans le vide. Je voyais mon corps tomber, je me pénétrais de cette chute jusqu'au vertige. Pour cette raison, j'affirme que je ne me suis jamais ennuyée une minute à mon poste.

J'étais en plein exercice de défenestration quand un nouveau drame éclata. J'entendis la porte s'ouvrir derrière moi. Ce ne pouvait être que Fubuki ; pourtant, ce n'était pas le bruit net et rapide de ma tortionnaire poussant l'huis. C'était comme si la porte avait été renversée. Et les pas qui suivirent n'étaient pas ceux d'escarpins, mais ceux, lourds et déchaînés, du yéti en rut.

Tout cela se déroula très vite et j'eus à peine le temps de me retourner pour voir foncer sur moi la masse du vice-président.

Microseconde de stupeur (« Ciel ! Un homme – pour autant que ce gros lard fût un homme – chez les dames ! ») puis éternité de panique.

Il m'attrapa comme King Kong s'empare de la blondinette et m'entraîna à l'extérieur. J'étais un jouet entre ses bras. Ma peur atteignit son comble quand je vis qu'il m'emportait aux toilettes des messieurs.

Me revinrent à l'esprit les menaces de Fubuki : « Vous ne savez pas ce qui pourrait vous arriver. » Elle n'avait pas bluffé. J'allais payer pour mes péchés. Mon cœur cessa de battre. Mon cerveau écrivit son testament.

Je me rappelle avoir pensé : « Il va te violer et t'assassiner. Oui, mais dans quel ordre ? Pourvu qu'il te tue avant ! »

Un homme était en train de se laver les mains aux lavabos. Hélas, la présence de ce tiers ne sembla rien changer aux desseins de monsieur Omochi. Il ouvrit la porte d'un cabinet et me jeta sur les chiottes.

« Ton heure est venue », me dis-je.

Il se mit à hurler convulsivement trois syllabes. Ma terreur était si grande que je ne comprenais pas : je pensais que ce devait être l'équivalent du « banzaï ! » des kamikazes dans le cas très précis de la violence sexuelle.

Au sommet de la fureur, il continuait à crier ces trois sons. Soudain la lumière fut et je pus identifier ses borborygmes :

– No pêpâ ! No pêpâ !

C'est-à-dire, en nippo-américain :

– No paper ! No paper !

Le vice-président avait donc choisi cette manière délicate pour m'avertir qu'il manquait de papier dans ce lieu.

Je filai sans demander mon reste jusqu'au débarras dont je possédais la clef et revins en courant de mes jambes flageolantes, les bras chargés de rouleaux. Monsieur Omochi me regarda les placer, me hurla quelque chose qui ne devait pas être un compliment, me jeta dehors et s'isola dans le cabinet ainsi pourvu.

L'âme en lambeaux, j'allai me réfugier dans les toilettes des dames. Je m'accroupis dans un coin et me mis à pleurer des larmes analpha-bètes.

Comme par hasard, ce fut le moment que choisit Fubuki pour venir se brosser les dents. Dans le miroir, je la vis qui, la bouche mousseuse de dentifrice, me regardait sangloter. Ses yeux jubilaient.

L'espace d'un instant, je haïs ma supérieure au point de souhaiter sa mort. Songeant soudain à la coïncidence entre son patronyme et un mot latin qui tombait à point, je faillis lui crier : « Memento mori ! »

Six ans plus tôt, j'avais adoré un film japonais qui s'appelait *Furyo* – le titre anglais était *Merry Christmas, mister Lawrence*. Cela se passait au cours de la guerre du Pacifique, vers 1944. Une bande de soldats britanniques étaient prisonniers dans un camp militaire nippon. Entre un Anglais (David Bowie) et un chef japonais (Ryuichi Sakamoto) se nouaient ce que certains manuels scolaires appellent des « relations paradoxales ».

Peut-être à cause de mon très jeune âge d'alors, j'avais trouvé ce film d'Oshima particulièrement bouleversant, surtout les scènes de confrontation trouble entre les deux héros. Cela se terminait sur une condamnation à mort de l'Anglais par le Nippon.

L'une des scènes les plus délicieuses de ce long métrage était celle où, vers la fin, le Japonais venait contempler sa victime à demi morte. Il avait choisi comme supplice d'ensevelir son corps dans la terre en ne laissant émerger que la tête exposée au soleil : cet ingénieux stratagème tuait le prisonnier de trois manières en même temps – la soif, la faim et l'insolation.

C'était d'autant plus approprié que le blond Britannique avait une carnation susceptible de rôtir. Et quand le chef de guerre, raide et digne, venait se recueillir sur l'objet de sa « relation paradoxale », le visage du mourant avait la couleur d'un roast-beef beaucoup trop cuit, un peu noirci. J'avais seize ans et il me semblait que cette façon de mourir était une belle preuve d'amour.

Je ne pouvais m'empêcher de voir une parenté de situation entre cette histoire et mes tribulations dans la compagnie Yumimoto. Certes, le châtiment que je subissais était différent. Mais j'étais quand même prisonnière de guerre dans un camp nippon et ma tortionnaire était d'une beauté au moins équivalente à celle de Ryuichi Sakamoto.

Un jour, comme elle se lavait les mains, je lui demandai si elle avait vu ce film. Elle acquiesça. Je devais être dans un jour d'audace car je poursuivis :

— Avez-vous aimé ?

— La musique était bien. Dommage que cela raconte une histoire fausse.

(Sans le savoir, Fubuki pratiquait le révisionnisme soft qui est encore le fait de nombreux jeunes gens au pays du Soleil-Levant : ses compatriotes n'avaient rien à se reprocher quant à la dernière guerre et leurs incursions en Asie avaient pour but de protéger les indigènes contre les nazis. Je n'étais pas en position de discuter avec elle.)

— Je pense qu'il faut y voir une métaphore, me contentai-je de dire.

— Une métaphore de quoi ?

— Du rapport à l'autre. Par exemple, des rapports entre vous et moi.

Elle me regarda avec perplexité, l'air de se demander ce que cette handicapée mentale avait encore trouvé.

— Oui, continuai-je. Entre vous et moi, il y a la même différence qu'entre Ryuichi Sakamoto et David Bowie. L'Orient et l'Occident. Derrière le conflit apparent, la même curiosité réciproque, les mêmes malentendus cachant un réel désir de s'entendre.

J'avais beau m'en tenir à des litotes pour le moins ascétiques, je me rendais compte que j'allais déjà trop loin.

— Non, dit sobrement ma supérieure.

— Pourquoi ?

Qu'allait-elle rétorquer ? Elle avait l'embarras du choix : « Je n'éprouve aucune curiosité envers vous », ou « je n'ai aucun désir de m'entendre avec vous », ou « quelle outrecuidance d'oser comparer votre sort à celui d'un prisonnier de guerre ! », ou « il y avait entre ces deux personnages quelque chose de trouble qu'en aucun cas je ne reprendrais à mon compte ».

Mais non. Fubuki fut très habile. D'une voix neutre et polie, elle se contenta de me donner une réponse autrement percutante derrière sa courtoisie :

— Je trouve que vous ne ressemblez pas à David Bowie.

Il fallait reconnaître qu'elle avait raison.

Il était rarissime que je parle, à ce poste qui était désormais le mien. Ce n'était pas interdit et, pourtant, une règle non écrite m'en empêchait. Bizarrement, quand on exerce une tâche aussi peu reluisante, la seule façon de préserver son honneur consiste à se taire.

En effet, si une nettoyeuse de chiottes bavarde, on a tendance à penser qu'elle est à l'aise dans son travail, qu'elle y est à sa place et que cet emploi l'épanouit au point de lui inspirer le désir de gazouiller.

En revanche, si elle se tait, c'est qu'elle vit son travail comme une mortification monacale. Effacée dans son mutisme, elle accomplit sa mission expiatoire en rémission des péchés de l'humanité. Bernanos parle de l'accablante banalité du Mal ; la nettoyeuse de chiottes, elle, connaît l'accablante banalité de la déjection, toujours la même derrière de répugnantes disparités.

Son silence dit sa consternation. Elle est la carmélite des commodités.

Je me taisais donc et pensais d'autant plus.

Par exemple, en dépit de mon absence de ressemblance avec David Bowie, je trouvais que ma comparaison tenait la route. Il y avait bel et bien une parenté de situation entre mon cas et le sien. Car enfin, pour m'avoir attribué un poste aussi ordurier, il fallait bien que les sentiments de Fubuki à mon égard ne fussent pas tout à fait nets.

Elle avait d'autres subordonnés que moi. Je n'étais pas la seule personne qu'elle haïssait et méprisait. Elle eût pu en martyriser d'autres que moi. Or, elle n'exerçait sa cruauté qu'envers moi. Ce devait être un privilège.

Je décidai d'y voir une élection.

Ces pages pourraient donner à croire que je n'avais aucune vie en dehors de Yumimoto. Ce n'est pas exact. J'avais, en dehors de la compagnie, une existence qui était loin d'être vide ou insignifiante.

J'ai cependant décidé de n'en pas parler ici. D'abord parce que ce serait hors sujet. Ensuite parce que, vu mes horaires de travail, cette vie privée était pour le moins limitée dans le temps.

Mais surtout pour une raison d'ordre schizophrénique : quand j'étais à mon poste, aux toilettes du quarante-quatrième étage de Yumimoto, en train de récurer les vestiges des immondices d'un cadre, il m'était impossible de concevoir qu'en dehors de cet immeuble, à onze stations de métro de là, il y avait un endroit où des gens m'aimaient, me respectaient et ne voyaient aucun rapport entre une brosse à chiottes et moi.

Quand cette partie nocturne de mon quotidien me surgissait à l'esprit sur ce lieu de travail, je ne pouvais que penser ceci : « Non. Tu as inventé cette maison et ces individus. Si tu as l'impression qu'ils existent depuis plus longtemps que ta nouvelle affectation, c'est une illusion. Ouvre les yeux : que pèse la chair de ces précieux humains face à l'éternité de la faïence des sanitaires ? Rappelle-toi ces photos de villes bombardées : les gens sont morts, les maisons sont rasées, mais les toilettes se dressent encore fièrement dans le ciel, juchées sur les tuyauteries en érection. Quand l'Apocalypse aura fait son œuvre, les cités ne seront plus que des forêts de chiottes. La chambre douce où tu dors, les personnes que tu aimes, ce sont des créations compensatoires de ton esprit. Il est typique des êtres qui exercent un métier lamentable de se composer ce que Nietzsche appelle un arrière-monde, un paradis terrestre ou céleste auquel ils s'efforcent de croire pour se consoler de leur condition infecte. Leur éden mental est d'autant plus beau que leur tâche est vile. Crois-moi : rien n'existe en dehors des commodités du quarante-quatrième étage Tout est ici et maintenant. »

Alors je m'approchais de la baie vitrée, parcourais des yeux les onze stations de métro et regardais au bout du trajet : nulle maison n'y était visible ou pensable. « Tu vois bien : cette demeure tranquille est le fruit de ton imagination. »

Il ne me restait plus qu'à coller le front au verre et à me jeter par la fenêtre. Je suis la seule personne au monde à qui est arrivé ce miracle : ce qui m'a sauvé la vie, c'est la défenestration.

Encore aujourd'hui, il doit y avoir des lambeaux de mon corps dans la ville entière.

Les mois passèrent. Chaque jour, le temps perdait de sa consistance. J'étais incapable de déterminer s'il s'écoulait vite ou lentement. Ma mémoire commençait à fonctionner comme une chasse d'eau. Je la tirais le soir. Une brosse mentale éliminait les dernières traces de souillure.

Nettoyage rituel qui ne servait à rien, puisque la cuvette de mon cerveau retrouvait la saleté tous les matins.

Comme l'a remarqué le commun des mortels, les toilettes sont un endroit propice à la méditation. Pour moi qui y étais devenue carmélite, ce fut l'occasion de réfléchir. Et j'y compris une grande chose : c'est qu'au Japon, l'existence, c'est l'entreprise.

Certes, c'est une vérité qui a déjà été écrite dans nombre de traités d'économie consacrés à ce pays. Mais il y a un mur de différence entre lire une phrase dans un essai et la vivre. Je pouvais me pénétrer de ce qu'elle signifiait pour les membres de la compagnie Yumimoto et pour moi.

Mon calvaire n'était pas pire que le leur. Il était seulement plus dégradant. Cela ne suffisait pas pour que j'envie la position des autres. Elle était aussi misérable que la mienne.

Les comptables qui passaient dix heures par jour à recopier des chiffres étaient à mes yeux des victimes sacrifiées sur l'autel d'une divinité dépourvue de grandeur et de mystère. De toute éternité, les humbles ont voué leur vie à des réalités qui les dépassaient : au moins, aupara-vant, pouvaient-ils supposer quelque cause mystique à ce gâchis. A présent, ils ne pou-vaient plus s'illusionner. Ils donnaient leur existence pour rien.

Le Japon est le pays où le taux de suicide est le plus élevé, comme chacun sait. Pour ma part, ce qui m'étonne, c'est que le suicide n'y soit pas plus fréquent.

Et en dehors de l'entreprise, qu'est-ce qui attendait les comptables au cerveau rincé par les nombres ? La bière obligatoire avec des col-lègues aussi trépanés qu'eux, des heures de métro bondé, une épouse déjà endormie, des enfants déjà lassés, le sommeil qui vous aspire comme un lavabo qui se vide, les rares vacances dont personne ne connaît le mode d'emploi : rien qui mérite le nom de vie.

Le pire, c'est de penser qu'à l'échelle mondiale ces gens sont des privilégiés.

Décembre arriva, mois de ma démission. Ce mot pourrait étonner : j'approchais du terme de mon contrat, il ne s'agissait donc pas de démissionner. Et pourtant si. Je ne pouvais pas me contenter d'attendre le soir du 7 janvier 1991 et de partir en serrant quelques mains. Dans un pays où, jusqu'à il y a peu, contrat ou pas contrat, on était engagé forcément pour toujours, on ne quittait pas un emploi sans y mettre les formes.

Pour respecter la tradition, je devais présenter ma démission à chaque échelon hiérarchique, c'est-à-dire quatre fois, en commençant par le bas de la pyramide : d'abord à Fubuki, ensuite à monsieur Saito, puis à monsieur Omochi, enfin à monsieur Haneda.

Je me préparai mentalement à cet office. Il allait de soi que j'observerais la grande règle : ne pas me plaindre.

Par ailleurs, j'avais reçu une consigne paternelle : il ne fallait en aucun cas que cette affaire

153

ternisse les bonnes relations entre la Belgique et le pays du Soleil-Levant. Il ne fallait donc pas laisser entendre qu'un Nippon de l'entreprise s'était mal conduit envers moi. Les seuls motifs que j'aurais le droit d'invoquer – car j'aurais à expliquer les raisons pour lesquelles je quittais un poste aussi avantageux – seraient des arguments énoncés à la première personne du singulier.

Sous l'angle de la pure logique, cela ne me laissait pas l'embarras du choix : cela signifiait que je devais prendre tous les torts sur moi. Une telle attitude ne manquerait pas d'être risible mais je partais du principe que les salariés de Yumimoto seraient reconnaissants de me voir l'adopter pour les aider à ne pas perdre la face et m'interrompraient en protestant : « Ne dites pas de mal de vous, vous êtes quelqu'un de très bien ! »

Je sollicitai une entrevue avec ma supérieure. Elle me donna rendez-vous en fin d'après-midi dans un bureau vide. Au moment de la rejoindre, un démon murmura dans ma tête : « Dis-lui que, comme madame Pipi, tu peux gagner plus ailleurs. » J'eus beaucoup de peine à museler ce diable et j'étais déjà au bord du fou rire quand je m'assis en face de la belle.

Le démon choisit cet instant pour me chuchoter cette suggestion : « Dis-lui que tu restes seulement si on met aux chiottes une assiette où chaque usager déposera cinquante yens. »

Je mordis l'intérieur de mes joues pour garder mon sérieux. C'était si difficile que je ne parvenais pas à parler.

Fubuki soupira :

— Eh bien ? Vous aviez quelque chose à me dire ?

Afin de cacher ma bouche qui se tordait, je baissai la tête autant que possible, ce qui me conféra une apparence d'humilité dont ma supérieure dut être satisfaite.

— Nous approchons du terme de mon contrat et je voulais vous annoncer, avec tous les regrets dont je suis capable, que je ne pourrai le reconduire.

Ma voix était celle, soumise et craintive, de l'inférieure archétypale.

— Ah ? Et pourquoi ? me demanda-t-elle sèchement.

Quelle question formidable ! Je n'étais donc

pas la seule à jouer la comédie. Je lui emboîtai le pas avec cette caricature de réponse :

— La compagnie Yumimoto m'a donné de grandes et multiples occasions de faire mes preuves. Je lui en serai éternellement reconnaissante. Hélas, je n'ai pas pu me montrer à la hauteur de l'honneur qui m'était accordé.

Je dus m'arrêter pour me mordre à nouveau l'intérieur des joues, tant ce que je racontais me paraissait comique. Fubuki, elle, ne semblait pas trouver cela drôle, puisqu'elle dit :

— C'est exact. Selon vous, pourquoi n'étiez-vous pas à la hauteur ?

Je ne pus m'empêcher de relever la tête pour la regarder avec stupéfaction : était-il possible qu'elle me demande pourquoi je n'étais pas à la hauteur des chiottes de l'entreprise ? Son besoin de m'humilier était-il si démesuré ? Et s'il en était ainsi, quelle pouvait donc être la nature véritable de ses sentiments à mon égard ?

Les yeux dans les siens, pour ne pas rater sa réaction, je prononçai l'énormité suivante :

— Parce que je n'en avais pas les capacités intellectuelles.

Il m'importait moins de savoir quelles capacités intellectuelles étaient nécessaires pour nettoyer une cuvette souillée que de voir si une aussi grotesque preuve de soumission serait du goût de ma tortionnaire.

Son visage de Japonaise bien élevée demeura immobile et inexpressif, et il me fallut l'observer au sismographe pour détecter la légère crispation de ses mâchoires provoquée par ma réponse : elle jouissait.

Elle n'allait pas s'arrêter en si bon chemin sur la route du plaisir. Elle continua :

– Je le pense aussi. Quelle est, d'après vous, l'origine de cette incapacité ?

La réponse coulait de source. Je m'amusais beaucoup :

– C'est l'infériorité du cerveau occidental par rapport au cerveau nippon.

Enchantée de ma docilité face à ses désirs, Fubuki trouva une répartie équitable :

– Il y a certainement de cela. Cependant, il ne faut pas exagérer l'infériorité du cerveau occidental moyen. Ne croyez-vous pas que cette incapacité provient surtout d'une déficience propre à votre cerveau à vous ?

– Sûrement.

– Au début, je pensais que vous aviez le désir de saboter Yumimoto. Jurez-moi que vous ne faisiez pas exprès d'être stupide.

– Je le jure.

– Etes-vous consciente de votre handicap ?

– Oui. La compagnie Yumimoto m'a aidée à m'en apercevoir.

Le visage de ma supérieure demeurait impassible mais je sentais à sa voix que sa bouche se desséchait. J'étais heureuse de lui fournir enfin un moment de volupté.

– L'entreprise vous a donc rendu un grand service.

– Je lui en serai pleine de gratitude pour l'éternité.

J'adorais le tour surréaliste que prenait cet échange qui hissait Fubuki vers un septième ciel inattendu. Au fond, c'était un moment très émouvant.

« Chère tempête de neige, si je puis, à si peu de frais, être l'instrument de ta jouissance, ne te gêne surtout pas, assaille-moi de tes flocons âpres et durs, de tes grêlons taillés comme des silex, tes nuages sont si lourds de rage, j'accepte d'être la mortelle perdue dans la montagne sur laquelle ils déchargent leur colère, je reçois en pleine figure leurs mille postillons glacés, il ne m'en coûte guère et c'est un beau spectacle que ton besoin d'entailler ma peau à coups d'insultes, tu tires à blanc, chère tempête de neige, j'ai refusé que l'on me bande les yeux face à ton peloton d'exécution, car il y a si longtemps que j'attendais de voir du plaisir dans ton regard. »

Je crus qu'elle avait atteint l'assouvissement car elle me posa cette question qui me parut de simple forme :

— Et ensuite, que comptez-vous faire ?

Je n'avais pas l'intention de lui parler des manuscrits que j'écrivais. Je m'en tirai avec une banalité :

— Je pourrais peut-être enseigner le français.

Ma supérieure éclata d'un rire méprisant.

— Enseigner ! Vous ! Vous vous croyez capable d'enseigner !

Sacrée tempête de neige, jamais à court de munitions !

Je compris qu'elle en redemandait. Je n'allais donc pas sottement lui répondre que j'avais un diplôme de professeur.

Je baissai la tête.

– Vous avez raison, je ne suis pas encore assez consciente de mes limites.

– En effet. Franchement, quel métier pourriez-vous exercer ?

Il fallait que je lui donne accès au paroxysme de l'extase.

Dans l'ancien protocole impérial nippon, il est stipulé que l'on s'adressera à l'Empereur avec « stupeur et tremblements ». J'ai toujours adoré cette formule qui correspond si bien au jeu des acteurs dans les films de samouraïs, quand ils s'adressent à leur chef, la voix traumatisée par un respect surhumain.

Je pris donc le masque de la stupeur et je commençai à trembler. Je plongeai un regard plein d'effroi dans celui de la jeune femme et je bégayai :

– Croyez-vous que l'on voudra de moi au ramassage des ordures ?

– Oui ! dit-elle avec un peu trop d'enthousiasme.

Elle respira un grand coup. J'avais réussi.

Il fallut ensuite que je présente ma démission à monsieur Saito. Il me donna lui aussi rendez-vous dans un bureau vide mais, à la différence de Fubuki, il semblait mal à l'aise quand je m'assis en face de lui.

— Nous approchons du terme de mon contrat et je voulais vous annoncer avec regret que je ne pourrai le reconduire.

Le visage de monsieur Saito se crispa en une multitude de tics. Comme je ne parvenais pas à traduire ces mimiques, je continuai mon numéro :

— La compagnie Yumimoto m'a donné de multiples occasions de faire mes preuves. Je lui en serai éternellement reconnaissante. Hélas, je n'ai pas pu me montrer à la hauteur de l'honneur qui m'était accordé.

Le petit corps malingre de monsieur Saito s'agita en soubresauts nerveux. Il avait l'air très gêné de ce que je racontais.

— Amélie-san...

Ses yeux cherchaient dans tous les coins de la pièce, comme s'ils allaient y trouver un mot à dire. Je le plaignais.

— Saito-san ?

— Je... nous... je suis désolé. Je n'aurais pas voulu que les choses se passent ainsi.

Un Japonais qui s'excuse pour de vrai, cela arrive environ une fois par siècle. Je fus horrifiée que monsieur Saito ait consenti pour moi une telle humiliation. C'était d'autant plus injuste qu'il n'avait joué aucun rôle dans mes destitutions successives.

— Vous n'avez pas à être désolé. Les choses se sont déroulées au mieux. Et mon passage dans votre société m'a beaucoup appris.

Et là, en vérité, je ne mentais pas.

— Vous avez des projets ? me demanda-t-il avec un sourire hypertendu et gentil.

— Ne vous inquiétez pas pour moi. Je trouverai bien quelque chose.

Pauvre monsieur Saito ! C'était à moi de le réconforter. Malgré sa relative ascension professionnelle, il était un Nippon parmi des milliers, à la fois esclave et bourreau maladroit d'un système qu'il n'aimait sûrement pas mais qu'il ne dénigrerait jamais, par faiblesse et manque d'imagination.

Ce fut au tour de monsieur Omochi. J'étais morte de peur à l'idée de me retrouver seule avec lui dans son bureau. J'avais tort : le vice-président était d'excellente humeur.

Il me vit et s'exclama :

– Amélie-san !

Il le dit de cette façon nippone et formidable qui consiste à confirmer l'existence d'une personne en lançant son nom en l'air.

Il avait parlé la bouche pleine. Rien qu'au son de sa voix, j'essayai de diagnostiquer la nature de cet aliment. Ce devait être pâteux, collant, le genre de chose dont il faut désengluer ses dents avec sa langue pendant de longues minutes. Pas assez adhérent au palais, cependant, pour être du caramel. Trop gras pour être du lacet de réglisse. Trop épais pour être du marshmallow. Mystère.

Je me lançai dans ma litanie, maintenant bien rodée :

– Nous approchons du terme de mon contrat et je voulais vous annoncer avec regret que je ne pourrai le reconduire.

La friandise, posée sur ses genoux, m'était dissimulée par le bureau. Il en porta une nouvelle ration à sa bouche : les gros doigts me cachèrent cette cargaison qui fut engloutie sans que j'aie pu en apercevoir la couleur. J'en fus contrariée.

L'obèse dut s'apercevoir de ma curiosité envers son alimentation car il déplaça le paquet qu'il jeta sous mes yeux. A ma grande surprise, je vis du chocolat vert pâle.

Perplexe, je levai vers le vice-président un regard plein d'appréhension :

– C'est du chocolat de la planète Mars ?

Il se mit à hurler de rire. Il hoquetait convulsivement :

– Kassei no chokorêto ! Kassei no chokorêto !

C'est-à-dire : « Du chocolat de Mars ! Du chocolat de Mars ! »

Je trouvais que c'était une manière étonnante d'accueillir ma démission. Et cette hilarité pleine de cholestérol me mettait très mal à l'aise. Elle enflait et je voyais le moment où une crise cardiaque le terrasserait sous mes yeux.

Comment expliquerais-je cela aux autorités ? « J'étais venue lui donner ma démission.

Ça l'a tué. » Aucun membre de la compagnie Yumimoto ne goberait pareille version : j'étais le genre d'employée dont le départ ne pouvait être qu'une excellente nouvelle.

Quant à l'histoire de chocolat vert, personne n'y croirait. On ne meurt pas à cause d'une latte de chocolat, fût-elle couleur de chlorophylle. La thèse de l'assassinat se révélerait beaucoup plus crédible. Ce ne seraient pas les mobiles qui m'auraient manqué.

Bref, il fallait espérer que monsieur Omochi ne crevât pas, car j'eusse été la coupable idéale.

Je m'apprêtais à lancer mon second couplet pour couper court à ce typhon de rire quand l'obèse précisa :

– C'est du chocolat blanc au melon vert, une spécialité de Hokkaido. Exquis. Ils ont reconstitué à la perfection le goût du melon japonais. Tenez, essayez.

– Non, merci.

J'aimais le melon nippon, mais l'idée de cette saveur mêlée à celle du chocolat blanc me répugnait réellement.

Pour d'obscures raisons, mon refus irrita le

vice-président. Il renouvela son ordre à la forme polie :

— Meshiagatte kudasai.

C'est-à-dire : « S'il vous plaît, faites-moi la faveur de manger. »

Je refusai.

Il commença à dévaler les niveaux de langue :

— Tabete.

C'est-à-dire : « Mangez. »

Je refusai.

Il cria :

— Taberu !

C'est-à-dire : « Bouffe ! »

Je refusai.

Il explosa de colère :

— Dites donc, aussi longtemps que votre contrat n'est pas terminé, vous devez m'obéir !

— Qu'est-ce que cela peut vous faire, que j'en mange ou non ?

— Insolente ! Vous n'avez pas à me poser de questions ! Vous devez exécuter mes ordres.

— Qu'est-ce que je risque, si je n'obtempère pas ? D'être fichue à la porte ? Cela m'arrangerait.

L'instant d'après, je me rendis compte que

j'étais allée trop loin. Il suffisait de voir l'expression de monsieur Omochi pour comprendre que les bonnes relations belgo-japonaises étaient en train d'en prendre un coup.

Son infarctus paraissait imminent. J'allai à Canossa :

— Veuillez m'excuser.

Il retrouva assez de souffle pour rugir :

— Bouffe !

C'était mon châtiment. Qui eût pu croire que manger du chocolat vert constituerait un acte de politique internationale ?

Je tendis la main vers le paquet en pensant que les choses s'étaient peut-être passées comme cela, au jardin d'Eden : Eve n'avait aucune envie de croquer la pomme, mais un serpent obèse, pris d'une crise de sadisme aussi soudaine qu'inexplicable, l'y avait contrainte.

Je coupai un carré verdâtre et le portai à ma bouche. C'était surtout cette couleur qui me rebutait. Je mâchai : à ma grande honte, je trouvai que c'était loin d'être mauvais.

— C'est délicieux, dis-je à contrecœur.

— Ha ! ha ! C'est bon, hein, le chocolat de la planète Mars ?

Il triomphait. Les relations nippo-belges étaient à nouveau excellentes.

Quand j'eus dégluti la cause du casus belli, j'entamai la suite de mon numéro :

– La compagnie Yumimoto m'a donné de multiples occasions de faire mes preuves. Je lui en serai éternellement reconnaissante. Hélas, je n'ai pas pu me montrer à la hauteur de l'honneur qui m'était accordé.

D'abord interloqué, sans doute parce qu'il avait totalement oublié ce dont j'étais venue lui parler, monsieur Omochi éclata de rire.

Dans ma douce candeur, j'avais imaginé qu'en m'humiliant ainsi pour le salut de leur réputation, en m'abaissant moi-même afin de n'avoir aucun reproche à leur adresser, j'allais susciter des protestations polies, du genre : « Si si, voyons, vous étiez à la hauteur ! »

Or, c'était la troisième fois que je sortais mon laïus et il n'y avait toujours pas eu de dénégation. Fubuki, loin de contester mes manques, avait tenu à préciser que mon cas était plus grave encore. Monsieur Saito, si gêné qu'il fût de mes mésaventures, n'avait pas mis en cause le bien-fondé de mon autodénigrement. Quant au vice-président, non seulement il ne trouvait rien à redire à mes allégations, mais il les accueillait avec une hilarité des plus enthousiastes.

Ce constat me rappela le mot d'André Maurois : « Ne dites pas trop de mal de vous-même : on vous croirait. »

L'ogre tira de sa poche un mouchoir, sécha ses larmes de rire et, à ma grande stupeur, se moucha, ce qui est au Japon l'un des combles de la grossièreté. Etais-je donc tombée si bas que l'on pouvait sans vergogne vider son nez devant moi ?

Ensuite, il soupira :

— Amélie-san !

Il n'ajouta rien. J'en conclus que, pour lui, l'affaire était close. Je me levai, saluai et partis sans demander mon reste.

Il ne me restait plus que Dieu.

Jamais je ne fus aussi nippone qu'en remettant ma démission au président. Devant lui, ma gêne était sincère et s'exprimait par un sourire crispé entrecoupé de hoquets étouffés.

Monsieur Haneda me reçut avec une extrême gentillesse dans son bureau immense et lumineux.

— Nous approchons du terme de mon contrat et je voulais vous annoncer avec regret que je ne pourrai le reconduire.

— Bien sûr. Je vous comprends.

Il était le premier à commenter ma décision avec humanité.

— La compagnie Yumimoto m'a donné de multiples occasions de faire mes preuves. Je lui en serai éternellement reconnaissante. Hélas, je n'ai pas pu me montrer à la hauteur de l'honneur qui m'était accordé.

Il réagit aussitôt :

— Ce n'est pas vrai, vous le savez bien. Votre collaboration avec monsieur Tenshi a démontré que vous avez d'excellentes capacités dans les domaines qui vous conviennent.

Ah, quand même !

Il ajouta en soupirant :

— Vous n'avez pas eu de chance, vous n'êtes pas arrivée au bon moment. Je vous donne raison de partir mais sachez que, si un jour vous changiez d'avis, vous seriez ici la bienvenue. Je ne suis certainement pas le seul à qui vous manquerez.

Je suis persuadée qu'il se trompait sur ce point. Cela ne m'en émut pas moins. Il parlait avec une bonté si convaincante que je fus presque triste à l'idée de quitter cette entreprise.

Nouvel an : trois jours de repos rituel et obligatoire. Un tel farniente a quelque chose de traumatisant pour les Japonais.

Pendant trois jours et trois nuits, il n'est même pas permis de cuisiner. On mange des mets froids, préparés à l'avance et entreposés dans de superbes boîtes de laque.

Parmi ces nourritures de fêtes, il y a les omochi : des gâteaux de riz dont, auparavant, je raffolais. Cette année-là, pour des raisons onomastiques, je ne pus en avaler.

Quand j'approchais de ma bouche un omochi, j'avais la certitude qu'il allait rugir : « Amélie-san ! » et éclater d'un rire gras.

Retour à la compagnie pour seulement trois jours de travail. Le monde entier avait les yeux dardés sur le Koweït et ne pensait qu'au 15 janvier.

Moi, j'avais les yeux dardés sur la baie vitrée des toilettes et je ne pensais qu'au 7 janvier : c'était mon ultimatum.

Le matin du 7 janvier, je ne pouvais pas y croire : j'avais tant attendu cette date. Il me semblait que j'étais chez Yumimoto depuis dix ans.

Je passai ma journée aux commodités du quarante-quatrième étage dans une atmosphère de religiosité : j'effectuais les moindres gestes avec la solennité d'un sacerdoce. Je regrettais presque de ne pouvoir vérifier le mot de la vieille carmélite : « Au Carmel, ce sont les trente premières années qui sont difficiles. »

Vers dix-huit heures, après m'être lavé les mains, j'allai serrer celles de quelques individus qui, à des titres divers, m'avaient laissé entendre qu'ils me considéraient comme un être humain. La main de Fubuki ne fut pas du lot

Je le regrettai, d'autant que je n'éprouvais envers elle aucune rancune : ce fut par amour-propre que je me contraignis à ne pas la saluer. Par la suite, je trouvai cette attitude stupide : préférer son orgueil à la contemplation d'un visage exceptionnel, c'était un mauvais calcul.

A dix-huit heures trente, je retournai une dernière fois au Carmel. Les toilettes pour dames étaient désertes. La laideur de l'éclairage au néon ne m'empêcha pas d'avoir le cœur serré : sept mois – de ma vie ? non ; de mon temps sur cette planète – s'étaient écoulés ici. Pas de quoi être nostalgique. Et pourtant ma gorge se nouait.

D'instinct, je marchai vers la fenêtre. Je collai mon front à la vitre et je sus que c'était cela qui me manquerait : il n'était pas donné à tout le monde de dominer la ville du haut du quarante-quatrième étage.

La fenêtre était la frontière entre la lumière horrible et l'admirable obscurité, entre les cabinets et l'infini, entre l'hygiénique et l'impossible à laver, entre la chasse d'eau et le ciel.

Aussi longtemps qu'il existerait des fenêtres, le moindre humain de la terre aurait sa part de liberté.

Une ultime fois, je me jetai dans le vide. Je regardai mon corps tomber.

Quand j'eus contenté ma soif de défenestration, je quittai l'immeuble Yumimoto. On ne m'y revit jamais.

Quelques jours plus tard, je retournai en Europe.

Le 14 janvier 1991, je commençai à écrire un manuscrit dont le titre était *Hygiène de l'assassin*.

Le 15 janvier était la date de l'ultimatum américain contre l'Irak. Le 17 janvier, ce fut la guerre.

Le 18 janvier, à l'autre bout de la planète, Fubuki Mori eut trente ans.

Le temps, conformément à sa vieille habitude, passa.

En 1992, mon premier roman fut publié.

En 1993, je reçus une lettre de Tokyo. Le texte en était ainsi libellé :

« Amélie-san,

Félicitations.

Mori Fubuki. »

Ce mot avait de quoi me faire plaisir. Mais il comportait un détail qui me ravit au plus haut point : il était écrit en japonais.

*La composition de cet ouvrage
a été réalisée par I.G.S. Charente Photogravure,
à l'Isle-d'Espagnac,
l'impression et le brochage ont été effectués
sur presse Cameron dans les ateliers
de **Bussière Camedan Imprimeries**
à Saint-Amand-Montrond (Cher),
pour le compte des Éditions Albin Michel.*

Achevé d'imprimer en octobre 1999.
N° d'édition : 18698. N° d'impression : 994529/4.
Dépôt légal : octobre 1999.